鲸王

〔日〕户川幸夫 著　〔日〕石田武雄 绘　徐明中 译

户川幸夫动物小说

长江出版传媒
长江少年儿童出版社

图书在版编目（CIP）数据

鲸王 /（日）户川幸夫著；（日）石田武雄绘；徐明中译 . —武汉：长江少年儿童出版社，2016.8

（户川幸夫动物小说）

ISBN 978-7-5560-4493-1

Ⅰ . ①鲸… Ⅱ . ①户… ②石… ③徐… Ⅲ . ①儿童小说－短篇小说－小说集－日本－现代 Ⅳ . ① I313.84

中国版本图书馆 CIP 数据核字（2016）第 202014 号

TOGAWA YUKIO DOUBUTUMONOGATARI 8
HIRE OU by Yukio Togawa
Copyright © 2009 Kumi Togawa
All rights reserved.
Original Japanese edition published by Kokudosha

Simplified Chinese translation copyright © 2016 by Shanghai All One Culture Diffusion Co.,LTD
This Simplified Chinese edition published by arrangement with Kokudosha,Tokyo, through HonnoKizuna, Inc., Tokyo, and Shinwon Agency Co. Beijing Representative Office, Beijing.

著作权合同登记号：图字：17-2014-327

户川幸夫动物小说

鲸王

原　　著	（日）户川幸夫 著　（日）石田武雄 绘	
译　　者	徐明中	
责任编辑	张云兵	
特约编辑	李晓阳　　赵迪秋	
封面设计	小　贾	
封面绘图	齐　娜	
装帧设计	齐　娜	
出 品 人	李　兵	
出版发行	长江少年儿童出版社	
电子邮件	hbcp@vip.sina.com	
经　　销	新华书店湖北发行所	
承 印 厂	三河市南阳印刷有限公司	
规　　格	880×1230	
开本印张	32 开　6.5 印张	
版　　次	2016 年 9 月第 1 版　　2018 年 3 月第 2 次印刷	
书　　号	ISBN 978-7-5560-4493-1	
定　　价	23.80 元	
业务电话	（027）87679179 87679199	
网　　址	http://www.hbcp.com.cn	

本书如有印装质量问题，可向承印厂调换。

目录

|鲸王| 鲸鱼喷水 2 鲸鱼母子 18 勇敢的勋章 33 鲸鱼和旗鱼 43

　　　袭击捕鲸艇 51 阿峰的眼泪 69

|三里守望所| "呆球" 82 海豹 97 呆球的心愿 104 汉达的礼物 110

　　　呆球的巴奥依 119 巴奥依的餐食 125 呆球的梦 132

　　　呆球的烦恼 141 不让巴奥依走 148 未归的巴奥依 161

|爪| 狮子·床 172 误会 186 猛兽的操控 195

|作者的话| 201

鯨
王

鲸鱼喷水

太平洋中部。

一个鲸群出没于东经一百六十度、北纬三十二度的洋面上。

鲸群从北太平洋一路南下来到这里。

这是一个由大约六百头抹香鲸①组成的庞大鲸群，由五头头鲸带领着前行，头鲸都是威猛的雄鲸，体长超过十五米。

它们的嘴边还有被巨大的乌贼吸缠而留下的印痕。这是它们想要吃这些大乌贼时，大乌贼拼命挣扎的结果。

有的抹香鲸身上还留有同逆戟鲸②或者自己的同类争斗时产生的伤口。

所以，光看外表就知道，这是一群海洋勇士。

鲸群都会在寒冷的冬季去南方温暖的海域里生息。

----

①抹香鲸：齿鲸类鲸鱼中体形最大的一种，头部硕大，体长最长可达 20 米。抹香鲸肠道分泌的龙涎香，可用来制作名贵的香料或中药。
②逆戟鲸：鲸鱼的一种，属齿鲸类，雄鲸背鳍大，体长约 9 米，雌鲸体形较小，常袭击其他鲸类和乌贼等。

每当春天临近，它们就会沿着北回归线，向西通过南鸟岛和马里亚纳群岛，来到琉球群岛附近。接着，鲸群改变方向，沿着日本列岛北上。到了夏季，它们就畅游在北海道和千岛群岛之间的海面上了。

　　它们是随着海流和水温的变化而游动的，因为海流和水温与鲸鱼的饵食生物的多寡有着密切的关系。

　　所以人们把鲸鱼游动的海域称为它的"栖息地"。

　　人们深信，在从东向西的、浩瀚的太平洋中间，至少

有五个抹香鲸的栖息地。

这个庞大的抹香鲸群不会游近夏威夷群岛。

它们也不会越过赤道，进入南太平洋。

那儿的海域有别的鲸群存在。

鲸群是不会擅自进入异域，和别的鲸群争夺其他海域的，它们热爱和平。

一旦形成了六百头鲸的庞大群体，游动的海域也随之扩大，放眼望去，四处的海面上不时冒起水雾状的水花。

这样的水花被称为鲸鱼喷水。

这并不是鲸鱼喝下海水后喷出的，而是和鲸鱼的呼吸有关。在鲸鱼呼气的同时，进入鼻孔的海水会呈喷雾状高高地喷射出来。

鲸鱼喷出的水在阳光的照耀下反射出银色的光辉，深蓝色的海和天把它衬托得更加鲜明，就是在几千米以外也能看得清清楚楚。

　　这片海域也是船舶的定期航线，一艘白色的美国客船正好从这儿经过。

　　船上的老船长平时对鲸群屡见不鲜，但当他见到这个庞大的鲸群时，一时间还是被惊得目瞪口呆。老船长对着麦克风，通过扩音器向全船的人员特别叮咛道："这样庞大的鲸群极为罕见，请大家务必认真观赏……也可用相机拍下这难忘的画面。"

　　老船长曾在印度洋、大西洋、阿拉伯海、东海等世界上很多的海洋里航行过。他担任这艘船的船长也有十年了，其间不下几十次地在太平洋上往返，但是，看到这样壮观的场面还是第一次。

　　今天乘坐这艘船的人真可以称得上是特别幸运的。

　　之所以这么说，是因为这堪称千年一遇的旷世奇观，而且船上的人们还能一边拿着盛满香槟的酒杯，一边惬意地观赏这样的奇观。

听到船长幽默的广播后，几乎所有的旅客都跑到甲板上，睁大眼睛，屏声敛息地观赏着。

到处都是鲸鱼。无论船的右舷还是左舷，无论是船头还是船尾，到处都挤满了成群的鲸鱼。

在海天相连的地方，鲸鱼们正不时地喷出水花，水花接连不断地发出炫目的光芒，就像一朵朵绽放的白莲，又像一个个炸开的炮弹。

"这简直就像凡尔登要塞里开火的大炮，我感到那大炮发射的炮弹正发出'嗖嗖'的可怕声音，从我的头上飞过。"一个参加过第一次世界大战的德国老绅士把手搭在孙女的肩上，这样说道。

一个参加过太平洋战争，在冲绳负伤的美国丈夫对妻子轻轻耳语道："这就像我们围攻敌人岛屿的舰队，不过今天没有飞来一架日本的神风特攻队飞机，它们真是幸运。"

船长叫来报务员，请他帮忙向自己朋友所在的捕鲸公

司发送情报。

他还不忘补充如下话语："即使捕鲸船从美国全速赶来，估计也难以捕获这个鲸群。但我还是想告诉他们，因为这样庞大的鲸群实在罕见……"

除了喷水，抹香鲸还要经常清洗鼻子。

它的头部约占体长的四分之一，非常庞大。在它那巨头的左侧斜前方，有一个开着的鼻孔，鼻孔足有五米进深。所以，抹香鲸有通过喷出滞留在鼻腔里的海水来清洗鼻子的怪癖。

这种现象在其他鲸类中是看不到的。

由于形成了庞大的群体，这些素来对引擎声敏感的鲸鱼此时并不害怕客船，它们肆无忌惮地在客船的前后左右出没。

于是，客船不得不改变前进的方向。因为假如受到鲸鱼巨头的顶撞，船上的铆钉或螺栓也许会发生松动。

就在客船和鲸群相遇的两天之后，这庞大的鲸群又开始慢慢地向西移动。

在鲸群中，有一头体形最大、体长近二十一米的雄性头鲸游在最前面，由它带领着大约二百五十头鲸鱼。其后是由一头体长约十六米的雄性头鲸带领大约一百五十头鲸鱼组成的群体，接着是两群由各约八十头鲸鱼组成的群体，最后又跟着一个由四十头鲸鱼组成的小群体。

只要仔细观察这个庞大的鲸群，不难发现这是由上述五个分群所组成的。

鲸群是由成年的雌鲸们和数量与此大致相当的幼鲸们组成的。

这个群体也被称为"后宫"。从体形上来看，群体中的鲸鱼都相当大，有的雄鲸只有三岁，但体长已达九米。而领导这个后宫的只有一头成年雄鲸，它是这个群体的头鲸。

偶尔也有三头头鲸在一个群体里的情况，但是这种现象极为罕见。

做头鲸并不是一件容易的事，只有在残酷争斗中获胜的鲸鱼才有做头鲸的资格。

为了长久保住首领的地位，头鲸丝毫不敢疏忽大意，即使对自己的孩子也是如此。雄幼鲸一旦到了三岁，头鲸就会毫不留情地将它从自己的群体里驱逐出去。

当五个分群汇合组成庞大鲸群的时候，统领鲸群的必然是游在最前面、率领最大后宫群体的那头头鲸。

头鲸也是按力量强弱排列的，以彰显自己的威力。

在第一分群里，最大的雌鲸估计有十五米长。那头雌鲸带着三岁的幼鲸，紧随在上了年纪的总头鲸后面游动。它的腹部奇大，已到了生子的时候，看样子怀的还是双胞胎。

一月末的时候，鲸群通过拉德罗尼群岛和南硫磺岛之间的海域，来到了冲大东岛一带的海面上。

那时，总头鲸听到水中传来轻微的嘈杂声，知道一个由其他头鲸率领的鲸群正在前方数千米远的海面上前行。

鲸鱼的身体庞大，耳孔却很小。

在眼睛和胸鳍的中间有一个很小的孔，那就是鲸鱼的耳道，耳道最深处的鼓膜是一个灵敏的接收器。

　　鲸鱼会从鼻子里发出特殊的声音，传到人耳里是"哗——哗——"的响声，听起来像是悦耳的笛声，这种声波在水中能准确地传送到相当远的地方。

　　前方那个由年轻的雄鲸组成的鲸群直接游向了琉球群岛，总头鲸这才放下心来。因为两个鲸群的游动路线不同，

看来是不会狭路相逢了。

这头上了年纪的总头鲸了解各种情况。

它决不会带领那些即将生育幼鲸的母鲸进入荒僻或者寒冷的海域，它也不会带领鲸群过于靠近陆地，因为它害怕在那儿会遇上可怕的怪物——捕鲸船。

除此之外，总头鲸还知晓各种防身知识。

所以，在这个时候，它率领的鲸群是不会靠近陆地的。

这个庞大的鲸群在土佐海和熊野滩①之间的宽阔海面上缓缓北上。

虽然明知再靠近些海岸，就能捕获到丰富的乌贼和鲅鱼，但是总头鲸考虑到鲸群的安全，坚持不靠近海岸。

当鲸群来到熊野滩那宽达九百二十千米的海面上时，那头怀孕的雌鲸的庞大身躯突然开始变小，原来它怀的双

---

①熊野滩: 指的是西北太平洋上，日本纪伊半岛南部、和歌山县南部与三重县南部的沿海岸海域，自古代起就是海上交通的要冲。这里常年有日本暖流通过，故也是天然的渔场。

胞胎中的一个已经胎死腹中了。

　　抹香鲸不能生育双胞胎。因为胎体过大，营养供给不足，双胞胎中必定会死掉一个，那个死去的胎儿就会在腹中化解，为母鲸供给营养。

这是一种自然现象。

此时，鲸群内的母鲸们已经生下了许多幼鲸，数目大约有五十头。

那些用乳汁哺育幼鲸的母鲸们时刻感到饥饿，所以十分渴望去食物更丰富的北部海洋。但是，这样一来，原先怀有双胞胎的母鲸就无法生产幼鲸了。因为母鲸在生下幼鲸之前不能去寒冷的海洋。也就是说，即使腹中已死了一个胎儿，另一个胎儿也无法顺利降生。

进入八月份，那头母鲸终于到了产仔的时候，但它就是不能顺利生产，为此感到非常痛苦。它难受得不停摆动着尾鳍，搅起一阵阵浪花。

经过了好几个小时，那头母鲸终于产下了一头幼鲸。在长时间的适应以后，幼鲸筋疲力尽地漂浮起来，很快便恢复了元气，又一头扎进水里。接着，它像其他吃奶的孩子那样，开始寻找母鲸的乳头。

这头只有五米长的幼鲸，用嘴唇触碰十五米长的母鲸的腹部，因为它的眼鼻功能还不健全，只能靠嘴唇触碰来寻找乳头。

幼鲸终于找到了妈妈的乳头。

母鲸的身体稍稍倾斜，以便幼鲸吮奶。

能用母乳填饱肚子的幼鲸，一天可以长三四厘米。

鲸鱼母子

两年过去了。

当年的幼鲸已经逐渐长大，身长达到九米。

但它还很淘气、任性，喜欢黏在妈妈身边。

两年前的总头鲸因年老体弱已离开了鲸群，由别的雄鲸取代了它的位置。新的总头鲸战斗力很强，但经验不足，所以它率领鲸群行动起来总会遇到各种各样的问题。

一个鲸群如果没有可信赖的总头鲸，就会自然解体。

这个鲸群也不例外。

外面的雄鲸看到这个鲸群杂乱无章，便趁机来侵袭、捣乱。

于是，这个庞大的鲸群终于解体了。

鲸鱼母子所在的鲸群是由五十头左右鲸鱼构成的小群体。由于所需的食物并不多，所以这个鲸群是所有鲸群中最具活力的。

依照每年的惯例，新头鲸要带领这五十头抹香鲸北上日本列岛，八月份到达北海道钏路①以外四百千米的海面上。

那年的海流和往常有些不同。目的地海域的水温为二十摄氏度，对抹香鲸非常合适，但对乌贼来说有些偏高。乌贼希冀的是十至十七摄氏度的水温，为此它们不断地沿着日本列岛北上或者南下。

由于水温偏高，乌贼群已经北上了。它们从野付水道②涌入鄂霍次克海，然后绕过知床半岛，从纲走海域进一步扩展到纹别海域。

鲸群的新头鲸决定追逐乌贼群。

那些雌鲸对此都很担心，因为鲸群还没去过浅浅的野付水道，更没进入过鄂霍次克海。一般来说，那儿的海水水温一直很低，这对怀孕的母鲸和刚产下不久的幼鲸是很

①钏路：日本北海道钏路支厅南部的一个城市，除了是钏路支厅所在地之外，也是道东地区最大的城市。
②野付水道：日俄北方争议领土——国后岛（俄罗斯称库纳施尔岛）和北海道野付半岛间的海域，现为日本和俄罗斯实际的海上国境线。

不利的，它们无法接近那片水域。

虽说今年的水温与往年有所不同，但它们还是很担心。

——如果是原先的头鲸，想必不会如此贸然行事吧？

那些雌鲸在心里默默想着。

确实，那儿的食物非常丰富，乌贼群在海底密密匝匝，足有厚厚的一层。鲸鱼们可以倒竖着身体钻入海里，在海底半张着口到处捕食猎物。于是，那成千上百的乌贼就像被吸尘器吸附的垃圾一般，通过鲸鱼的大嘴通通被吸入鲸鱼的肚子。

鲸鱼的祖先在远古时代就生活在地球上了，它们通过噬食弱小的生物来维持生命，所以牙齿进化得无比锋利。而现在，鲸鱼的口中只有二十多对牙齿排列在下腭，上腭的牙齿则深埋进牙床中，退化消失了。

所以，鲸鱼的牙齿已经失去了咀嚼的功能。事实上，它们也无须咀嚼，因为抹香鲸会把追捕到的食物整个地吞

入腹中。

这时，那些最初惶恐不安的雌鲸也因为看到大量的乌贼而专注地忙碌起来。它们先浮上海面深呼吸，接着又钻进海水里进行半小时或一个小时的捕食。

这个鲸群喷出的水花从很远的地方就能看见。

虽说是在夏季，但是一到八月底，知床半岛海域的气温就和秋末一样了。

那些鲸鱼清洗鼻腔用的水和被鲸鱼的体温加热过的空气一起被喷向空中，形成高高的水柱，像喷雾一样，在阳光的照射下闪闪发光。

以纲走和纹别的港口为基地的捕鲸人不可能看不到这种现象。

"真是太难得了，那是抹香鲸群呀！"一个在捕鲸船上担任瞭望手的水手大声喊道。

"这里怎么会有抹香鲸群呢？你确定没有看错？"听到

水手的喊声，其他船员质疑道。

"抹香鲸群绕过知床岬①来到这儿实在很少见啊，不会是拜氏鲸②吧？"站在下面的船长大声问道。

"假如是拜氏鲸的话，即使是斜着身子喷水，水柱也会是笔直向上的，跟抹香鲸喷出的水柱是不一样的。"瞭望水手解释道。

"是吗？这样说来是不一样。再说，抹香鲸的鼻子是弯曲的……看来今年海洋相当暖和了……"船长喃喃自语道。

捕鲸船那可怕的引擎声立刻惊动了抹香鲸群。那些雌鲸开始惊慌地骚动起来。

看到妈妈不安的举动，那头惯于撒娇的幼鲸立刻游回到妈妈身边。

幼鲸想知道妈妈为何如此不安，它对于来自周围的、

---

①知床岬：位于北海道东北部，网走支厅管内斜里郡斜里町远音别村岩尾别，知床半岛前段突入鄂霍次克海的一个岬。
②拜氏鲸：有喙鲸的一种，体形庞大，主要捕食栖息于中深层海域的生物，以乌贼、章鱼等为主食，偶尔也会捕食鲭鱼、沙丁鱼等鱼类。日本外海是其重要的觅食场所。

越来越近的引擎声，以及船用螺旋桨在水中发出的声音茫然无知。

此时还没有清晰地看到捕鲸船的影子，也闻不到钢铁和机油的气味，只有鲸鱼灵敏的耳朵捕捉到了不安的声音。

"哔——"头鲸发出了信号音。

这是立刻逃跑的信号。

于是，四周的海面上顿时升起鲸鱼冒出的水花，泛起阵阵的泡沫，鲸群终于集合起来，它们的身影很快消失了。

其后，海面上只留下很大一片漩涡。

十分钟后，两艘捕鲸船来到了那片海域。

"鲸群已朝东北方向游去了，它们一定会在那儿浮出海面。"其中一艘船上一个上了年纪的炮手用手指着知床岬一带说道。

对一个经验丰富的炮手来说，通过观察鲸鱼潜水的角度，就能准确地估算出鲸群朝哪个方向游动。

"绕着海岬行驶太麻烦了，阿峰，你们的船应该从正面追过去。"另一艘捕鲸船上的炮手大声喊道。

两艘船再次分头行动。

那个被唤作阿峰的炮手所在的船向海岬的前面驶去，另一艘船则调整航向绕往幌向海域，等待时机。

抹香鲸有很强的潜水能力，雌鲸能潜到海面以下三百米的位置，雄鲸则能潜到一千米的深度，它们甚至能屏住呼吸潜水半小时到一个小时。如果持续潜水一小时，抹香鲸会因呼吸困难而浮出海面进行十分钟的换气，在此期间它无法再度下潜。

所以这十分钟是捕鲸成败的关键，捕鲸船必须在鲸鱼无法下潜的时候赶到现场，及时射出捕鲸的标识标枪。

准确预测潜水的鲸鱼会在哪片海域浮现，并在十分钟之内赶到那儿等待时机是炮手最重要的工作。

当母鲸潜水时，幼鲸也会随之下潜。这时候，它们那宽大而扁平的尾鳍就会发挥作用了。因为尾鳍具有极好的划水功能。

藏在鲸鱼巨大头部内的鲸脑油具有精确测量潜水深度的功能。

鲸鱼的肌肉里含有比在陆地上生活的哺乳动物更多的肌肉色素蛋白质，能够储存氧气。

因此，即使鲸鱼全身潜入一千米深的海水里，也能始终保持良好的身体状态。

在追随母鲸潜水游动的过程中，那头幼鲸渐渐感到呼吸困难。

——其他同伴是怎样的情况呢？它们看来都没有问题。

那头幼鲸实在无法忍受，不得不浮出海面。

外面是耀眼的阳光。

幼鲸一下吐出了积存的恶浊气体，从它的头部冒出了高高的水柱，随即响起了"哈哈"的喘气声。

那头幼鲸向周围看了看，发现附近也有和自己一样喘气的同伴。

"哗——"

这时，头鲸又发出了危险信号。

这种尖锐的声音表明敌人已经临近。

于是，四周不断响起鲸鱼再次潜水的声音。

但是那头幼鲸还没有做好潜水的准备。

这时，身后似乎有一股力量压住了幼鲸的背部，一直把它压到海水里。

就在幼鲸明白是妈妈来帮助自己的一瞬间，它的背上响起了母鲸可怕的叫声。接着，母鲸在惊叫声中仰面朝天地离开了幼鲸的背脊。

幼鲸顿时感到非常害怕。

于是，它拼尽全力游动着追赶自己的同伴。

自那以后，妈妈再也没有现身。

幼鲸开始明白，在那滚滚的海水中发出的声音是多么可怕。

失去妈妈后，幼鲸突然发现，不知为什么自己似乎成了群体的弃儿。

如果跟着妈妈，即使自己个头儿长大了，还是会被当作小宝贝那样娇纵的。

由于父母身躯庞大，这头幼鲸虽然只有两岁，却显露出一头年轻鲸鱼的健美体魄。它现在看上去已是一头成年的雄鲸了，其他鲸鱼不再把它看作小孩子。

一天，头鲸突然猛烈地顶击这头幼鲸的肋腹部。就在幼鲸惊魂未定的时候，头鲸又一口咬住了它的尾鳍，将尾鳍硬生生地咬掉了一块。

"给我从群体中滚出去！"这是头鲸在向它发出命令。

被群体斥逐的断尾鲸加入了另一个由许多年轻雄鲸组成的群体。

勇敢的勋章

从那之后又过了六年。

被咬残了尾鳍的幼鲸已经长成八岁的年轻雄鲸。虽然刚到青年阶段，可它的身长已达十五米，体重超过了三十吨。在同伴之中，能达到它的身长和体重的，屈指可数。

在抹香鲸的世界里，对雄鲸而言，能带领那些雌鲸和幼鲸在海上游动是极其光荣的。

雌鲸则会跟着雄鲸至死不渝地和谐生活。雌鲸自出生后能过上八年或十年美丽公主的生活，然后婚嫁，成为母亲，了其一生。但是，雄鲸却不能这样生活，它的和平岁月只不过是厮守在母亲身边的两三年时间。其后，它就要踏上"修行之旅"。

如果没有实力，它将一生潦倒。

雄鲸的战斗生涯会持续几年或者几十年。只有真正显示出自己的本领，才能成为鲸群的主人。而一旦成了一个群体的主人，就要随时准备和其他觊觎自己地位的雄性竞争者战斗，如果战败了，就必须离开这个群体。

一月，那头断尾鲸和五个同伴在琉球群岛南端石垣岛外九十二千米的海面上缓缓北上。

除了它们之外，还有许多计划北上的雄鲸群体从各处汇集到这里。

糸满市的渔民们看到那头断尾鲸和他的同伴后，嘴里小声地嘟囔道："抹香鲸……抹香鲸北上的季节到了？"

但是他们的小型平底船①无法捕获这么大的鲸鱼，只能眼睁睁地看着那些大家伙逍遥自在地游过去。

琉球的海洋虽然很澄澈，但没有鲸鱼所需要的食物。

断尾鲸和它的同伴们对那些浅海里的游鱼群根本不屑一顾，它们只想潜入深海，捕捉那些鲀鱼、三齿臀鱼和角鲛鳒。况且这一带的水温也不太正常，呈现罕见的微温状态，

---

① 平底船：一种冲绳地方独有的小型船，平底，船体细长，因轻盈灵活而受到渔民的青睐。最早用圆木凿成，现在多用三块木板拼成，类似中国明清时期渔民使用的轻型舢板。

鲸鱼群无法在此久留。

从二月末到三月份，鲸群从土佐海域游到了纪州海域。到达房州海域时已是春天，海岸附近的食物开始丰富起来。

由于人们的追捕，那些雌鲸多的群体只得游向更为遥远的海域。

在这些靠近海岸的海域，雄鲸群体就显现出它们的优势来，不过危险也随之增加。

断尾鲸在这儿遇见了那头离开群体的老头鲸。因为当年断尾鲸年纪太小，根本不记得这头鲸鱼曾是自己所在鲸群的头鲸，只知道大家曾属于同一个鲸群。

尽管老头鲸躯体庞大，无论身长和体围都远超断尾鲸，但它毕竟年纪太大了，已经变得毫无生气。它那坚韧的皮肤上附着了许多海洋节肢动物。

由于是久未相见的原属同一群体的鲸鱼，断尾鲸和其他同伴一起游近了老头鲸。但是，那头离群的老头鲸只是

稍稍地看了它们一眼，就默默地游走了。

第二天下午，断尾鲸听到了从遥远的水平线传来的雷电一般的轰鸣声，不由得大吃一惊。

若是雷电的话，应该会拖着长长的余音，但是，那贴着水面传来的声音却连续响了两下。

断尾鲸想起了妈妈死去的那一天。

现在听到的声音和那天听到的完全相同，也是那种搅乱海面的可怕声音。

断尾鲸立刻将头钻入海水，窥视着四周的情况。

这时，它听到了一声濒临死亡的惨叫，那是一个同伴发出的声音。

断尾鲸暗忖，受难的同伴说不定就是昨天遇见的那头脾气古怪的老鲸吧。

但是，它万万也不会想到，那头老鲸曾是它们的头鲸，甚至还是它的父亲。

进入五月份，断尾鲸和同伴们通过三陆海域北上。

它们自由自在地行进在三百千米宽的海面上。

这时，四周突然变得热闹起来，因为有好几个包含雌鲸的鲸群聚集在了这片海域。这些鲸群里有许多看似是今年春天才出生的幼鲸。

有的同伴偷偷混进那些鲸群，受到了对方头鲸的猛烈"头攻"。

"头攻"是抹香鲸最主要的攻击方式，也是非常具有破坏力的攻击方式，能使那些木制的小船瞬间粉身碎骨。

于是，断尾鲸和它的同伴们就像淘气的小孩儿那样，开始了"头攻"比赛。它们先拉开距离，然后"扑通扑通"地冲上前，用自己的头部碰撞对方的头部。落败的一方就要退出比赛。

这虽然只是淘气包的相互嬉戏，但也有特殊的意义。通过这样的游戏比赛，不知不觉之间，群体中就会形成以力量最强的雄鲸为首的排序。在这种"头攻"游戏中，断尾鲸比所有同龄的同伴都要厉害。

在同一片海域待了一个月后，它们碰到一个带领着雌鲸南下到此的鲸群。

　　这里是北纬四十度的海域，如果过了这个纬度继续北上，水温对于那些刚出生不久的幼鲸和怀孕待产的母鲸来说就太低了。

　　由年轻雄鲸组成的鲸群则并不担心，它们游经这个海域再度北上。

阿留申群岛海域有许多它们最喜欢吃的乌贼，而且那儿的海水很深，有着大量的适合它们口味的深海鱼。

断尾鲸在这儿和一条长达六米的大乌贼展开激战，结果大获全胜。

这是它第一次碰到强敌。

为了不被断尾鲸吞吃，大乌贼舞动它长长的触腕，牢牢地吸附在断尾鲸的嘴唇和头部上方。

大乌贼触腕上的吸盘足有碗口那么大。

于是，断尾鲸的脸上留下了斑斑点点的伤痕，这种伤痕永远也无法消除。

作为一头雄鲸，这样的伤痕就是它最好的勋章。

断尾鲸和它的同伴们从阿留申群岛海域游向太平洋中部，然后再沿着日本列岛北上。

就这样，几年又过去了。

鲸鱼和旗鱼

到了十岁，断尾鲸再也不满足于以前那样的生活了。

它捕食、争斗、睡觉，有时候逃跑，有时又独自在海里四处游动。它一直过的是这样的生活。

说不清为什么，断尾鲸突然产生了一种孤独感。

它想要一种更特别的东西。

到了十五岁，这种欲望变得越来越强烈。

夏天来到了。

断尾鲸带领着十二头雄鲸，经过长约四百六十千米的金华山海域北上。

通过水中传来的声音，断尾鲸知道一个带领着雌鲸的鲸群快接近了。

听到这种声音，不知为何它突然从心底涌起强烈的战斗欲望。

它暗自这样想着：冲上去！用全身碰撞对方！

"哗——哗——呜，呜，呜！"

断尾鲸这样叫着浮出海面，决心奋力迎战。它的头部喷出了很大的水花。

这是力量很强的水花。

水花高达十几米，最后在断尾鲸的头部两侧落下，形成了一道绚丽的彩虹。

鲸鱼往往通过喷出的水花向对方显示自己的力量，那个水花有多漂亮，就证明这头鲸鱼有多强悍。

没过多久，两个鲸群就相互靠近了。

断尾鲸随心所欲地闯入了对方的群体。

对方的头鲸一见此景，不由得勃然大怒。

论体形，两头鲸鱼不相上下，但是对方的头鲸有着丰富的作战经验，而断尾鲸只是在平时嬉闹中常胜不败的年轻鲸鱼；一个是有着与逆戟鲸、捕鲸船以及许多同伴作战经历的头鲸，一个是在很小的时候就被头鲸咬掉了一角尾鳍的断尾鲸。

断尾鲸受到了对方多次猛烈的头攻，以致在接下来的三天里都没能好好地享用一餐美食。

它被撞得鲜血淋漓。

如果断尾鲸是一头胆小的抹香鲸，遭受到这样的痛苦，也许永远都无法重新振作起来了。在觊觎头鲸地位的战斗中一旦失败，就此消沉下去的鲸鱼不在少数。断尾鲸却不甘心，因为它继承了曾经构建过鲸鱼王国的父辈们遗传的血脉。

断尾鲸开始深刻地自我反省。

它终于明白，自己现在这点儿力量还远远不够。

遭到头攻的部位传来阵阵疼痛，断尾鲸的内心也承受着巨大的痛苦。

断尾鲸狠下决心：一切重新开始，从头再来！

断尾鲸离开了原先的雄鲸群体，成了孤家寡人。

离开鲸群的生活，时刻充满着危险，因为它时常会遇到强盗一般的逆戟鲸群，还有身带利器的凶猛旗鱼。

在此后的数年间，这头孤独生活的断尾鲸曾两次受到袭击，幸运的是，它两次都获救逃脱。

第一次是得到了蓝鲸的救助。

也不知为什么，就在断尾鲸和逆戟鲸群拼命苦斗的时候，那头大型蓝鲸突然插了进来，这种情形极为罕见。大概是因为蓝鲸也经常受到人类或者逆戟鲸的袭击吧。那些逆戟鲸立刻放弃了断尾鲸，转身去攻击蓝鲸，所以断尾鲸得以死里逃生。

第二次是遇到了出手相助的捕鲸船炮手。

那条捕鲸船的炮手被大家认为是个有点儿古怪的人，他没有瞄准断尾鲸，反而炮打了逆戟鲸。

这个眼睛凹陷、年近五十岁的炮手，由于牙痛，一边"咝咝"地吸着气，一边慢悠悠地对船长说："鲸鱼嘛，什么时候都能打到，而救助那些弱势的鲸鱼是我必须做的。"

船长听了立刻虎起脸，露出了不满的神色。

尽管如此，断尾鲸并没有觉得自己是获救的。它认为不放弃希望，一直战斗到最后，才是自己最终取胜的法宝。

断尾鲸知道，为了生存必须战斗不止，而且它已经体会到了战斗的乐趣。只要一看到对手，它就会毫不犹豫地与之战斗，断尾鲸那球状的头部也因此伤痕累累。

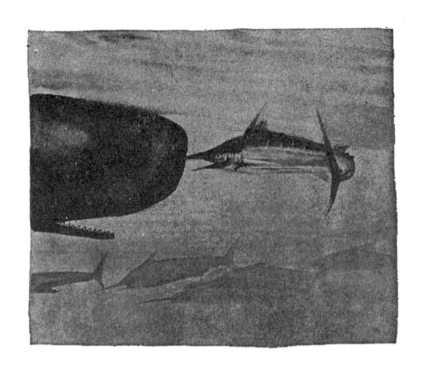

在那些伤痕中，最大的一处是被旗鱼上腭的尖刺刺伤而留下的。

旗鱼在受惊或者发怒的情况下，往往会胡乱地摆动头部的尖刺以刺伤对方。因此，它从不畏惧对手是谁。旗鱼有时能用尖刺将渔船刺个大洞使之沉没，甚至还经常用尖刺攻击逆戟鲸和抹香鲸的腹部。

断尾鲸和旗鱼的战斗很突然，谁都不知道究竟是哪一方主动发起进攻的。因为双方都具有可怕的狂野性格，一旦相遇，都会认定对方是极好的对手。

但是究竟是哪一方最终获胜，答案是明确无误的：断尾鲸的前额上还插着那条旗鱼断折的尖刺，就像头盔前的饰品一样。

上腭尖刺从根部被断折的旗鱼是活不下去的，而断尾鲸即使受伤，面容遭到毁坏，照样能这样若无其事地活下去。

这是它获得胜利的最好证据。

袭击捕鲸艇

"喂，先生们，你们看，我一直想捕捉的那个大家伙终于出现了！"

那个双目深陷、有点儿古怪的炮手对着两个乘坐在捕鲸艇上的鲸鱼研究所的研究员这样说道。

这个男人平时不善言辞，但是一谈起鲸鱼的事，他就立刻变成一个停不下来的话匣子。

此时，这个炮手手里拿着一支能打入鲸鱼身体的铁制标识标枪。其直径为十五毫米，长度为二十三厘米。

一个年长的研究员说道："不过，我们这次出海的目的是调查一个抹香鲸群，看看这个群体的成员是否固定不变，还是每年都有变化。了解抹香鲸社会是我们此行的根本目的，是不可以随便改变的。"

"哦，我知道了……我刚才说的那头鲸鱼是很早以前就熟悉的，它是离群的孤鲸中最大的家伙。"炮手说道。

"我们这次不调查离群的孤鲸。"研究员坚持道。

"那当然。不过，它和一般的离群孤鲸有所不同，所以想请你们务必调查一下。"炮手继续热心地怂恿道。

那个年轻的研究员也对长者建议道："部长，阿峰干这行已经三十年了，是个老资格的炮手，所以他有自己的判断。我建议可以把这头离群的孤鲸作为一个特别调查项目，对它也做一番调查，怎么样？"

"你说的也有道理。"那个被称作部长的长者思考了片刻，说道，"那就试试看吧。不过，即使要调查那头孤鲸，也不用太着急，毕竟调查鲸群是我们的主要任务。现在还不知道碰到的鲸群里会有多少头鲸。一旦把一个鲸群调查完毕，我们再去追踪阿峰说的那头孤鲸，这样安排可以吗？"

"是，遵命！"炮手高兴地向部长低首致礼。

"阿峰，带这些标识标枪够了吗？"那个年轻的研究员问道。

"这里只有五十支，可能不够。不过不要紧，那艘捕鲸艇上还有三十支……"阿峰随即走过去，回头看着另一艘相同类型的捕鲸艇，这样回答。

标识标枪和专门用来捕获鲸鱼的捕鲸标枪不同，主要用来给鲸鱼做记号，为科学研究提供便利。

所以，为了不让鲸鱼受到太大的伤害，标识标枪的头部特意被制作成小型的圆柱体，而且要在上面注明投射标枪时的时间、场所和研究所的名称等各种必要内容。

此后，倘若其他人捕获了打入标识标枪的鲸鱼，捕获者必须通知相关的研究所。

通过投射这种标识标枪，研究人员就能逐步解开众多的谜团，诸如鲸鱼围绕着什么样的海域巡游、能生存几年、鲸鱼社会的组织结构是怎样变化的，等等。

那个年轻的研究员又道："凭阿峰的技术，肯定能做到百发百中，所以，有八十支标识标枪就足够了。"

年长的部长笑道："也不能那么说。毕竟我们不知道会

碰到多大规模的鲸群。在大约三十年前，有一艘美国轮船在太平洋中部发现了一个由五六百头抹香鲸组成的庞大群体。当时船上的人都大为惊讶，并因此错失了发射标识标枪的时机。"

阿峰有些不服气地说道："您说的在太平洋中部发生的事，我也听说过。好像是我当炮手第三年的时候，那时我正在以纹别为基地的捕鲸船上工作。有一次，我乘捕鲸船闯入了一个庞大的鲸群，在惊叹之余，我还是用标识标枪精确地射中了好几头鲸鱼。"

"那真是了不起啊！"年长的部长称赞过阿峰后又说，"在鄂霍次克海，很少能看见抹香鲸，因为它们一般只围绕着知床岬游动……"

"是这样的，它们最远只到野付水道一带。不过，最近不知为什么，那些鲸鱼好像也有了国境线的概念，据说它们从知床海域来到我们这儿，扮个鬼脸，然后立刻就淘气地朝国后岛方向游去。我还记得那儿的俄罗斯人费了好大的劲儿，不让轮船接近那些鲸群。因为十年一遇的暖流涌入鄂霍次克海，带来乌贼群，那些抹香鲸也随之去往了那片海域。一想起那片海域，我现在还直冒冷汗，因为我曾在那儿犯过大错。那是二十年前的事了，当时我才二十四五岁，跟随捕鲸艇出海作业。在还没仔细看清的情

况下，我就连续发射捕鲸标枪猛打猛攻，结果射中了一头带着幼鲸的母鲸。标枪射中以后，我就想这下糟了，这是万万不能做的事啊，但是再怎么后悔也来不及了。我对那头母鲸真是非常敬佩。当时，它为了保护自己的孩子，奋不顾身地扑在幼鲸的身上。从那以后，我一直很后悔，甚至一度不想再当炮手了。"

听了阿峰的话，船上的人都沉默了。

少顷，有人问道："鲸鱼是很重感情的动物。没想到阿峰有这样的经历……对了，阿峰，刚才你说那头离群的抹香鲸和普通的孤鲸有所不同，它究竟有什么不一样呢？"

"嗯，如果是普通的抹香鲸，一旦离群后就再也不回头。或许正因这样，人们也会把孤鲸称为孤狼吧！但是，那家伙虽然成了孤鲸，但还总是跟在离自己曾经待过的鲸群不远的地方，它不就是想着取代鲸群现任头鲸的地位吗？"

接着，阿峰又说起了那头断尾鲸在受到逆戟鲸群围攻时被自己拯救的故事。

事实上，这头断尾鲸正如老炮手阿峰所估计的那样，正是在寻找和鲸群头鲸争夺王位的决战机会。

那时，断尾鲸的体长已经远远超过十八米，成为抹香鲸中个体最大的巨鲸。尽管已经能轻易打败乌贼、旗鱼和逆戟鲸了，但它对自己两次被鲸群头鲸打败的经历还是记忆犹新。

人也是这样，面对曾经打败过自己的对手，经常会抬不起头来。

断尾鲸的心里也留有这样的阴影。

尽管如此，它并不死心，仍然期盼着与头鲸再决雌雄。

如果这次再失利，可就是三度败北了。

断尾鲸深知这次事关重大，失败了就会丧命，所以它特别谨慎。

断尾鲸耐心地等待着战机的到来。

它知道自己没有退路，这次战斗一定要取得胜利，到时必须全力以赴，拼死相搏。

与此同时，那个鲸群的头鲸也知道那头断尾鲸正觊觎着它的王位，并逐渐逼近自己。

不过，对于头鲸来说，它已有两次打败对手的战绩，所以内心比较松懈，心想：虽说它已经长大了，但毕竟还是个没出息的家伙。它怕我，哪敢来挑战……

虽然如此，头鲸还是警惕地注视着断尾鲸的动向。

断尾鲸依旧执拗地追缠在鲸群后面。

也正是在这个时候，两艘准备发射标识标枪的捕鲸艇全速接近了它们。

那些雌鲸听到了捕鲸艇引擎和螺旋桨发出的声音后，立刻不安地骚动起来。当捕鲸艇靠近鲸群时，雄鲸们立刻逃跑了，雌鲸们越发不安起来。

断尾鲸在不远的地方目不转睛地注视着这个鲸群，它要看看头鲸到底采取什么态度。

头鲸也知道断尾鲸正在冷眼旁观。

"先生，没错，这是最大的鲸群了。嗬，您看，刚才说过的那头离群的抹香鲸正跟在它们后面。"阿峰站在船头大声喊道。

部长说："好的，阿峰，那就开始干吧，后面的事就交给你了。"

这时，头鲸想发出逃跑的信号，但由于捕鲸艇已经十分接近，雌鲸们一片混乱，所以没能及时逃跑。

紧接着，标识标枪发射的声音不断地响了起来。

断尾鲸一直强忍着痛苦听着那种声音。因为这声音和当年射中母亲的捕鲸标枪发出的声音十分相似。

雌鲸们更加混乱了，连头鲸也惊得到处乱窜。

——哼！活该！这个头鲸太没能耐了。

断尾鲸心想，人类一定会这样嘲笑的吧？

鲸鱼们拼命地四处逃窜，一点儿没察觉身后拖曳着由喷涌而出的鲜血形成的血带。这是它们的身体被标识枪击中后流出来的血。

断尾鲸感到这次情况与往常不同。

这时，鲸群已分散成四五群各自逃命。很快，它们的身影都消失在了附近的海里，最后，海面上只剩下断尾鲸

这头孤鲸了。

当然,断尾鲸也立即感到了一种全身发冷的恐惧。不过,它因为担心被认为无法承担起头鲸的责任,所以打算继续顽强地撑下去。

——我赢了。

断尾鲸这样想着。就在这时,它注意到两艘捕鲸艇中的一艘正朝自己的方向笔直驶来。

机灵的断尾鲸知道,这时候自己应该钻到海底一动不动地倾听着捕鲸艇螺旋桨发出的声音,判断它朝什么方向驶去,然后再朝相反方向逃跑。它看到那艘捕鲸艇已经快接近自己了。

当那艘捕鲸艇越来越近,船上人影晃动,枪口正瞄准自己的时候,它慢慢地潜入了海里。接着,又在捕鲸艇后面悄悄浮出水面。

它知道那些危险的武器只在船头。

"先生，请看，那家伙的头部……它打败了旗鱼，但是旗鱼的尖刺就像簪子一样插在它头上。"阿峰对部长说道。

部长叹道："原来如此！这家伙真厉害，还这么机灵。"

"是啊，那家伙对我们船上的捕鲸炮之类的武器都非常了解。"

经过两三遍的来回行驶之后，阿峰将船停了下来，接着，他命令另一艘捕鲸艇朝自己的方向靠拢。

阿峰在船上摆开了架势，准备当断尾鲸在自己这艘捕鲸艇附近浮出水面时，立刻开枪射击。

断尾鲸感到很满足。

因为它轻易地就愚弄了那艘让头鲸害怕的捕鲸艇。

当听到捕鲸艇的螺旋桨声过去之后，它再次浮出水面。

"哗——呜！呜！"

就在它深呼吸的时候，只听到"砰"的一声，它立刻感到自己的脖颈上被刺了一下。

　　断尾鲸是一头体积庞大的鲸鱼，一点儿轻微的疼痛对它来说算不了什么。但不管怎么说，"被人类算计了"的悔恨让它感觉非常不爽。它不由得想起妈妈从它背上滑落，然后仰面倒下，痛苦离去的情景。

断尾鲸的怒气终于爆发了。

刚才只是戏弄捕鲸艇，这次它要主动向它开战了！

于是，断尾鲸对准捕鲸艇的中部凶猛地冲去。它那硕大的尾鳍拍击着水面，激起高高的水花。海面上形成巨大的漩涡，海水涌起山一般的波涛。

断尾鲸那近百吨的庞大身躯全力向捕鲸艇冲去。

捕鲸艇上响起了惊叫声。

船长命令全速前进，但是已经来不及了。

也许从来没有人在这样近的距离看到过如此巨大的抹香鲸吧？已经没有观察的时间了。接下来的一瞬间发生的猛烈冲撞，就像鱼雷爆炸一般，艇上的人们开始惊恐地跳入海中。

断尾鲸接二连三地发起头攻，那艘小型铁壳船发出了"咯吱咯吱"的声音。不一会儿，船腹破裂，大量的海水涌入船内。

捕鲸艇慢慢地沉入海里。

断尾鲸满足了，它没有再去袭击另一艘捕鲸艇。

另一艘捕鲸艇上的船员在谢天谢地的同时，立即开始手忙脚乱地救起落水者。

那两个研究所的研究员被打捞起来，浑身湿淋淋地躺在甲板上，他们的嘴唇冻成了紫色，全身不停地发抖，这并不仅是寒冷导致的。

捕鲸艇上的人真正领教了抹香鲸的可怕。

阿峰一边在海水里游，一边看着自己艇上的所有人员被救助打捞上去的情景。

他在海中大喊："畜牲！下次一定要好好地教训你！"

阿峰的眼泪

断尾鲸充满自信地打败了连头鲸都会被吓跑的捕鲸艇。

它已经不害怕头鲸了。

断尾鲸傲然地闯入那个庞大的鲸群。

已经完全丧失信心的头鲸不等迎战就灰溜溜地离开鲸群逃跑了。

断尾鲸终于成了鲸群的头鲸。

此后又过去了十年。

在这十年间，断尾鲸成长为了由五百头鲸鱼组成的庞大鲸群的头鲸。

它不能像父亲那样带领超过六百头鲸鱼的庞大鲸群，这主要是时代变化的原因。捕鲸技术正在不断发展，鲸鱼赖以生存的食物也越来越少。

断尾鲸的身长已经超过了二十一米，这样庞大的身躯在抹香鲸中也是从未有过的。如今的断尾鲸已经没有什么对手了。

断尾鲸，这个机灵的头鲸，带领着它的庞大鲸群，过着平安无事的日子。

不过，任何鲸鱼王国都有繁盛期和衰落期。

作为这个王国的国王，断尾鲸在两三年前就感到自己的身体开始渐渐地衰弱下去，特别是最近，这样的感觉更加强烈了。

它没有食欲，经常感到很疲乏，而且身体也日渐消瘦。

它感到在肠道里有一个骨碌碌滚动的结石块。

通便的情况也很糟糕，这一年里几乎没有排便。这使断尾鲸越发焦急起来，担心自己是否已经濒临死亡了。

又一年过去了。

断尾鲸更瘦了，消瘦的程度是它一年前无法想象的。

它非常要强，很不愿意看到自己被后来者超越，心想，与其被对手打倒，不如在还没出现对手前主动引退。

于是，它就像年轻时那样，十分爽快地离开了鲸群。

以后无论是谁当头鲸都无所谓了，现在自己只需要静静地等待死亡的到来。

这一次，它真的成为一头离群的抹香鲸了。

那时候，捕鲸生涯超过五十年并正式退休的阿峰正在东京参加公司为他举行的盛大庆祝会。

阿峰已经七十三岁了。

经过长期海上生活的锻炼，他的肌肤看上去要比实际年龄年轻许多，但头发已经完全白了。

"从南大洋到北冰洋，直到太平洋，像阿峰那样在全世界的海洋里追捕鲸鱼的炮手举世无双。阿峰一生射杀的鲸鱼数量不仅在日本，在全世界也堪称第一。因此，阿峰是最了解鲸鱼的人。在此，我满怀敬意地提议将阿峰称为我们的'国宝'！对于阿峰来说，离开海洋也许是难以忍受的，但是阿峰毕竟上了年纪，所以我想让他做指导后辈的工作。

阿峰即使离开了海洋，也决不会离开鲸鱼，敝公司在此诚意聘请阿峰担任公司的顾问……"

社长作了如此充满感情的致辞后，全场一起举杯庆贺。

接着，阿峰小心地穿上从未穿过的缀有家徽的和服外褂，登上讲坛答谢："我不大会说话，就是个乡下老头儿，除了鲸鱼什么都不懂。所以一听到引退之类的事，就像自己的身体被割断一样难受，眼睛也模模糊糊的看不清，真是没办法。在这里，我只有一个心愿，就是让我做最后一次出海射击……对我来说，还有一头必须射杀的鲸鱼，那家伙一定和我一样都已经老了，现在也许已是一头离群的抹香鲸了，我很想和它再见一面。"

对于阿峰那毫不做作的讲话，与会者给予了理解的掌声，并当场表示满足阿峰的愿望。

最后是公司的专务讲话。他说："我们公司决定，今后的捕鲸武器由以前使用火药的标枪改为电标枪。正如大家知道的，为了使用电标枪，我们公司抢先买下了挪威的专利，并对此进行了深入的反复研究。由于经费的问题，加之还存在使用不便和设备等方面的问题，现在还不能在全公司的捕鲸船上推广使用电标枪。不过，我们的研究团队通过努力，已经研制完成经过改良的小型电炮。小型电炮射程远、命中率高，而且费用也相当节省。电炮的最大优点是不管命中鲸鱼的哪一部位，它都能马上发出二百伏的电流。这样，鲸鱼就会立刻被电死，不再需要像以前那样经过长时间的痛苦才完事。此外，使用电炮的话，鲸鱼的伤口小，不会出现死后立刻沉入海里的情况。所以，我想请阿峰在做最后一次射击时，务必使用这种经过改良的电炮。"

专务的发言结束后，全场再次爆发热烈的掌声。

断尾鲸已有十多天不吃不喝了。

它希望自己昏昏沉沉地死去。

——要死的话，真想快点儿死去。

断尾鲸这样祈愿。

阿峰一动不动地站在捕鲸船的电炮前，眯起眼睛眺望着阳光照耀下闪闪发光的海面。

在两千米远的前方，横亘着一头像浮动船坞那样的黑色巨鲸。

那头巨鲸一定也看到了捕鲸船。尽管如此，它并不想逃跑。

阿峰突然睁大了眼睛。

他的眼睛刹那间像年轻人那样闪闪发光，但很快又回到了老眼昏花的状态。

阿峰立刻知道，那头巨鲸就是自己要找的断尾鲸。

他只要看一眼就知道，而且他知道断尾鲸已经奄奄一息了。

"阿峰，那可真是个大家伙。那头抹香鲸的身体里一定有许许多多的龙涎香呢。"站在阿峰身后的炮手说道。

所谓的龙涎香，是唯独抹香鲸才有的肠内病灶。说是病灶，却能从中提取价值极高的香料。龙涎香虽然只是很小的结块，但它要比一整头鲸鱼的价值高得多，而且，并不是每头抹香鲸都有。在龙涎香的中心部位，还会混有乌贼的残留物。

因此，学者们认为，龙涎香一定是由肠内分泌的液体不断包覆在肠内的结块上而形成的。龙涎香对抹香鲸来说，是特别致命的病灶。

炮手偷偷地斜视着沉默的阿峰。

这时，阿峰的脸颊上老泪纵横。

"那家伙……就是我想见的老朋友呀！它和我一样，老了，快隐退了。"阿峰目不转睛地望着断尾鲸说道。

这时候，断尾鲸突然猛烈地摆动着它那巨大而又缺损的尾鳍，发出"吧嗒吧嗒"的巨响，它的头部无力地冒出一股水花。

见到这一情景，阿峰先是睁大了眼睛，然后又痛苦地闭上了眼，泪水沿着他脸上的皱纹流了下来。

"咚！"

只听炮口发出沉闷的炮声，一支小小的电炮拖着电线

尾巴轻快地凌空而起……

　　炮手感觉阿峰的嘴里似乎在念诵着"南无阿弥陀佛"。

三里守望所

『呆球』

一条黑色、潮湿的砂道插入鄂霍次克海，一直向前延伸着。

砂道的右侧是无边无际的冰原，左侧生长着似乎要覆盖砂道的山白竹，其深处是蜿蜒曲折的阔叶行道树。

排列整齐的行道树上只能看到光秃秃的枝干。现在这个时节树上几乎没有树叶，只有残留在枝头的枯叶发出"沙沙"的单调的响声。

右侧的冰原不是海。

冰原的表面像镜子一样光滑。

如果是海，就会因为后面不断挤压过来的浮冰作用，形成凹凸不平的丑陋表面。

这其实是一个很大的湖泊。湖的周长为七十二千米，面积为一百五十平方千米。它是北海道第一、全日本第三大的湖泊。

湖的名字叫佐吕间湖。

砂道的长度号称有三十六千米。

道路的开始路段有五百米宽，到末端只有十六米宽。
这个砂道不是人工修筑的，而是在一千年前自然形成的海
岸砂石堤坝。虽然它把佐吕间湖与鄂霍次克海分割开来，
但是并不意味着湖和大海没有相连。

在湖的东端，有一个佐吕间湖通向鄂霍次克海的狭窄

出口。但在每年秋季到冬季的这段时期，袭来的风暴都会卷起海底的砂石，堵塞佐吕间湖的入海口。

于是，一到春天，冰雪融化，湖岸的村落就会被水淹没。

因此，从昭和[①]时代开始就实施了疏洪工程，将砂石堤坝西部掘开一个大口子，自那以后再也没有发生过洪灾，而海里的很多鱼类也进入了湖里。

与此同时，过去从未见到过的"托卡里"（这是当地方言中对海豹的称呼，源于阿伊努语[②]）也大量地进入，食用湖里的鱼类和贝类。

沿着这条砂道走，不时可以看到一个个孤零零的简陋的渔家小屋，看上去就像生长不良的玉米。

当地居民全靠获取湖里的水产品为生。湖岸边停着小渔船，岸上有晾网场。

①昭和：日本天皇裕仁在位期间使用的年号，时间为 1926 年 12 月 25 日至 1989 年 1 月 7 日。昭和是日本各年号中所用时间最长的一个。
②阿伊努语：或译为爱奴语，是日本的原住少数民族（主要分布在北海道和本州东北地区）阿伊努族（爱努族）人的语言。

由于来自鄂霍次克海的强劲北风的吹袭，每户渔家小屋的墙根部分都被厚厚的一层砂石掩埋着。即使是那些枝干光秃的阔叶行道树和山白竹，也要用根牢牢地抓住土地，才能抵挡住这儿特有的强风。而北海道随处可见的针叶林在伸入海中的砂石堤坝上根本无法生长。

裸露的树林里栖息着白尾海雕，海岸上只有饥饿的乌鸦在聒噪。

走过几个这样简陋的村落，终于来到入海口的附近，那儿有个凄凉萧索的小村落。村落里只有一个小杂货铺，兼卖渔具、酒、日用品等各类杂货。除此之外，还有二十间左右的渔家小屋。

这儿就是三里守望所。

五月。

说是五月份，但在关东地区已经有热得出汗的日子了。

不过，这儿依然是一派大雪纷飞的景象。从浮冰上掠过的寒风使村民们的皮肤变得格外干燥。

尽管如此，他们还是知道，春天真的来了。

从出海口流入的浮冰群发出的响声和潮起潮落，给他们带来了迟来的春天的信息。

从出海口面向湖中心，开始出现呈放射状的流通水路，这也是春天到来的前兆。

这个季节雾气很重，三里守望所经常被浓雾笼罩。

今天也是个大雾弥漫的日子。

随着哗啦哗啦的流水声，那浓烟般的雾霭从湖心向岸边吹来，岸边的小渔船和近在咫尺的晾网场立刻变得一片模糊。这时候，似乎唯有湖中的小小波浪，才让人感到这个静止世界的一点儿动静。

但是，如果仔细看去，就会发现有一个人影正蹲在浓雾里面。

这是一个小男孩。

这个男孩正在清冷的岸边捡拾着贝壳。

那淡紫色和红色的贝壳颜色非常美丽。对于这儿的小孩儿来说,那种贝壳应该不是稀罕物。但是这个小男孩一边抽吸着鼻涕,一边起劲儿地捡拾着贝壳。

尽管他的小手已经拿不下了，但他还是不厌其烦地把掉下的贝壳又捡起来。

他的手指和指甲冻得通红，就像那贝壳的颜色一样。

这时，他的身边突然响起了海豹的吼声。也许那只海豹刚才一直隐藏在浓雾里。

湖水的波浪涌动着，将浮冰碎片推向岸边，在湖岸之外形成了一条白线。

这时，又响起了踏着砂石而来的脚步声。就如冲破了浓雾的壁垒一般，岸上出现了一个胖男人的黑影。

那个男人严严实实地戴着一顶兽皮猎帽，脸上只露出眼睛和鼻子。他穿着一身黑色的打猎服，脚穿长筒胶皮靴，背着一支长杆步枪。

"哦，它不在。"那个胖男人自言自语地说道。

这时，又听到了海豹的吼声，海豹似乎已经游到了湖滨。

那个男人眯起眼睛，一动不动地注视着浓雾。

"只要有海豹，这点儿雾算什么？"他再次轻轻自语道。

那个男人正要转身返回，猛然看见了正蹲在水边的小男孩。

"怎么啦，呆球？你在干什么？这么冷的天出来，那可了不得。"

听到男人说话，那个被称作"呆球"的男孩抬起头来，再次抽吸了下鼻子。

呆球早知道那个男人来到了自己身边。不过，为了不让他注意到自己，故意沉默不语。

呆球就是这样一个孩子。

"你哥哥在吗，呆球？"男人很随意地问道。

"……"

呆球抬起头，露出了呆滞的表情。

呆球熟悉这个胖男人。

他叫汉达，每年这个时候从纹别过来打猎。汉达总会在呆球的家里住上两三天，每天和呆球的二哥乘着小渔船去湖里捕杀海豹。然后在湖岸边剥去海豹皮，直到海豹血染红了湖水才回去。

因为家里人都叫这个胖男人"汉达"，呆球以为他的名字就叫汉达。

其实，汉达是外来语的发音，意思是"猎人"。但是在这儿，没有人会正确地称呼他的名字。

汉达看到呆球傻乎乎的样子，笑着说了声"好"，就钻进浓雾里消失了。

呆球的家位于三里守望所的最深处，离出海口只有二百米左右。

到了这一带，光秃的行道树几近消失，而且树都长得十分低矮。

离他家二三十米处是一片草原，在那里能够同时看到鄂霍次克海和佐吕间湖。

这儿的风很大。到了冬天，有时也会有几只从堪察加半岛飞来的大雕停在被冰雪覆盖的岩石或者水中漂流的浮木上。

呆球家和村里的其他人家一样，只有一艘小渔船。他家常把从湖里捕到的鱼拿到涌别町或者佐吕间町去卖。

呆球没有父母，家里只有祖父、祖母、两个哥哥和一个姐姐。祖父中风了，身体不能自由行动，所以全家就靠呆球的两个哥哥干活挣钱来维持生计。

呆球的父亲原是个捕杀海豹的猎人。在呆球两岁的时候，父亲跳入冰海去捕猎海豹，从此再也没有回来。呆球的妈妈是个没有骨气的人，她忍受不了家里的贫困，终于离开了这个家。于是，大哥不得不去东京打工，寄钱回来贴补家用，二哥则在家里干活，这样才勉强维持了一家人的生活。

呆球到今年六月就满六岁了，但他的身体发育不良，智商也未达到他这个年纪应有的程度。他经常和比他小的三四岁的孩子玩，有时也一个人玩。

他叫呆球。当然，这不是他真正的名字。

呆球在会开口说话的时候，不知为什么，总管自己叫呆球。

奶奶觉得这个被妈妈抛弃的幼儿很可怜，就从小娇惯他，并顺着他自己的叫法叫他呆球。所以，不知不觉地，不仅村里的小孩儿们这样叫，连大人们也叫他呆球了。

"明年就要上学了，如果在学校还叫呆球会让人家笑话的，还是把名字改了吧……"十岁的姐姐有时候这样提议道。

"改名字多麻烦。名字不过是个符号，就叫他呆球好了，没关系的。"二哥表示反对。

二哥肤色黝黑，体毛浓密，两条眉毛也连在一起。这也许是具有阿伊努族血统的缘故。正因如此，二哥的眼睛特别明澈，显得很英俊。

呆球将扇贝满满地捧在怀里回到家，看见汉达已经在家里了。

　　家里的那只圆火炉燃着熊熊的柴火，汉达正和二哥在

火炉前说着话。

　　"今年冰雪来得晚，冰雪的消融也慢，所以现在还不能

卸船，键屋也不接收猎物。"二哥躺在汉达旁边，用胳膊撑着上半身，伸着腿这样说道。

二哥说的键屋是村里的一家杂货铺，收杂货是铺子空闲时的买卖，平时主要收猎物。

汉达接口说："不过，通向湖里的水路正在慢慢流通。我刚才去过湖滨，看到湖里起了波浪。"

"是啊，我也想到大约从明天开始，天气会有变化的，所以赶快把船修好了，因为你汉达马上就要来了嘛。"

每年，二哥总会将船借给汉达使用。

汉达又说："我估计已经有好多海豹进入湖区了，但是刚才在大雾中没有发现它们。"

就在二哥回答之前，奶奶抢着说道："最近每天晚上，或者快到早上天亮时分，还有雾气很浓的时候，那家伙就会来到我们家旁边，难道你们都没听到它来的声音吗？"

海豹

虽然不像昨天那样厉害，但今天湖面上还是有雾。

呆球和奶奶一起目送着汉达和二哥上了那艘小渔船。

二哥把放在燃料瓶里发红的燃料一点点地加入机器里。汉达"扑通"一下坐在船头，怀里抱着两支步枪，默默地望着前方。二哥拉着一根绳子准备发动引擎。

正在这时，只听见奶奶站在岸边大声喊道："哎，快停下！你们忘了带标识标枪！我这就去把它拿来。"

"不要紧，我有钩竿……"二哥回答道。

"不行，不行，钩竿对付不了钻在水里的海豹。"汉达摇着手说道。

于是，奶奶像一只老母鸡似的，颠颠地跑回去取标识标枪。

那支标识标枪是在三米长的柄上装上一米长的铁棒。一旦标识标枪刺入猎物的身体，枪尖的钩子就会牢牢地卡在猎物的身体里。

奶奶把标识标枪递给二哥，说道："今天也是大雾天，可不好办啊。"

汉达抬头看了看天空，提出了不同的看法："我倒不这么想，今天这样的大雾天正是好机会，那些家伙都会放心地躺在浮冰上的。"

汉达今天的装束和昨天不同。他在昨天穿的黑色猎服外加了一件白色上衣，为猎捕海豹做好了准备。

这时，他们看见湖面上好像漂来了一块浮冰。

小渔船引擎发动的声音渐渐消失在浓雾里。

看到这样的情景，呆球很想跟他们一起去捕猎海豹。

"我也要去嘛！"呆球抬头看着奶奶满是皱纹的脸，央求道。

"不可以，要是在冰面上出了事，像你爸爸那样，咋办？"奶奶虎着脸一口拒绝。

呆球对爷爷说了同样的请求。

爷爷宽慰地微笑着，转动着不太灵活的舌头嘟嘟囔囔地说道："有其父必有其子……"

汉达和二哥的捕猎工作结束得比他们预想的还要快。当呆球午睡醒来时，他们已经回来了。

呆球带着呆滞的表情跟在奶奶后面来到湖滨一看，只见小渔船里躺着两只海豹，都是肥壮的成年海豹。每当小渔船晃动时，留存在舱底的海豹血就会发出"嘭——啪！嘭——啪！"的响声。

"啊，这两只海豹真漂亮！"奶奶对汉达说道。

"我们抓到了巴奥依，是海豹中最值钱的。"汉达高兴地回答。

所谓"巴奥依"，是猎人对斑海豹[①]的称呼。

"那俩家伙正巧都躺在浮冰上，我们今年第一次用步枪，所以它们慌作一团。"二哥代替汉达补充道。

"今天是第一次打枪，可能把它们吓坏了，明天开始就不会这样了。"汉达用手抚摸着猎枪，显出很神气的样子。

"二哥，我也要跟你们去！"呆球再次提出请求。

"你怎么又说了？"奶奶不满地瞪了他一眼。

汉达饶有兴趣地问："嗬，呆球，你要去看我们打枪吗？"

---

①斑海豹：主要分布在北半球高纬度地区，包括楚科奇海、白令海、鄂霍次克海、日本海等海域，在中国主要分布于渤海和黄海，是唯一能在中国海域繁殖的鳍足类动物，属中国国家二级保护动物。

"不，我要去看海豹。"

"看海豹的话，它们不是躺在那儿吗？"

"这是死的……我要看活海豹。"

"是吗？你真的要看吗？那好，等以后找个天气暖和的日子带你去。"汉达很高兴地和呆球说定了。

呆球听了汉达的话非常开心。从那以后，他每天早上到湖滨看着二哥和汉达驾船出行。

虽然企盼着有一天汉达会对他说"呆球，上船吧"，但由于汉达一直没有说，呆球只得忐忑不安地等待着。

听说二哥对奶奶这样说过："每天总是忙，实在没办法。"

呆球的心愿

汉达已经在呆球家里待了一个星期，但他一次也没对呆球提起上船的事。他每天和二哥乘船出去，捕获了不少鲜血淋漓的巴奥依（斑海豹）、阿拉哈（鞍纹海豹①）和孔库利（港海豹②）。

汉达一般是早晨出去卜湖，中午回来一次，午饭后再次下湖。最忙的时候就不回来吃午饭了。

听说，他先把捕杀的猎物扔在湖岸上，接着又去瞄准下一个目标。

汉达怕猎物的毛皮受到阳光的暴晒，会拿几张草席盖在上面。盖上草席后，他又下湖不断地四处捕杀新的猎物，直到傍晚收工后才将那些猎物集中起来一块儿运回来。

一回到呆球的家，汉达立刻打电话和键屋杂货铺联系。于是，第二天清早，来自远轻町的皮货商的卡车就来接收

①鞍纹海豹：又叫格陵兰海豹，全身白色或棕灰色，从背部两肩处斜向尾部长有一条鞍形黑色带，故得名。主要分布于北极海域的俄罗斯北侧、格陵兰周围及加拿大和纽芬兰北侧。
②港海豹：地球上分布最广的鳍足类动物，主要栖居于北半球温带及极地海域。港海豹全身分布有不定型斑点、环斑和污斑，底色也变化多样。

那些猎物了。汉达和二哥，再加上卡车司机和他的助手，一起汗流浃背地把猎获的海豹抬上卡车。

呆球坐在挂在光秃树枝上的秋千（是二哥做的）上，不开心地噘起小嘴，看着他们干活。

其实，汉达并没有忘记和呆球的约定。

他说："今年捕杀的海豹特别多，一直忙到现在，实在腾不出手来。"

汉达每晚在火炉边上和二哥一起喝烧酒。

心情好的时候，他也许想作为自己没有履行约定的补偿，特意为呆球画了一幅海豹的图像。

"是这样的啊！"呆球叫道。

"啊，是的。海豹躺在浮冰上就是这个模样，它还常常把鼻子对着天空，发出'嗷——嗷——'的吼声。"汉达说到这儿，还为呆球学了海豹的叫声。

呆球原先对大人说话不算数非常生气，但看到汉达画的画，听到他学海豹的吼声，心里多少好受了一些。

那天晚上，呆球做了一个梦。

梦境里，大雾笼罩着四周。但雾中仍能清楚地看到湖心流动着浮冰，浮冰上躺着巴奥依和阿拉哈。当风吹来，大雾裂开一道缝隙时，可以看到更多的海豹群接二连三地浮现在湖面上。

呆球看得心在咚咚地狂跳。

海豹群中最大的一头巴奥依把鼻子对着天空，发出"嗷——嗷——"的吼声。听到这个信号后，所有的海豹一齐钻进了湖水里。

看到这么多海豹一下子全都消失了，呆球难过得差点儿哭出来。

不一会儿，只听到雾中传来"咚、咚、咚"的响声，一艘小渔船出现在湖面上。二哥和汉达正坐在这条船上。汉达一看到呆球就对二哥做了个手势，小渔船就对着呆球

笔直驶来。

看到这样的情景，呆球不知为什么突然害怕起来，赶紧跑到浮冰旁边。他不知不觉地上了浮冰，变成了一头海豹。

汉达对着他端起了步枪，呆球慌慌张张地跳进湖水里。

湖水有些温暖，从臀部漫及腰部。

早晨，奶奶敲打着呆球的肚皮。

"呆球，你怎么又尿床了？真是的……以后晚上不许喝那么多水！"

汉达的礼物

傍晚，汉达和二哥载着猎物驾船返回，看见呆球正在湖岸上爬着玩耍。

"他在干什么？这小家伙……衣服上尽是泥。"二哥嘟嘟囔囔地说道。

呆球一看到小渔船，急忙撑着两只手站起身，抬头对着天空发出"喔——喔——"的叫声。

"原来他在学海豹叫呢。"二哥恍然大悟，"看来他还不算笨。"说完后就嘿嘿地笑了起来。

汉达没有笑。他正在认真思考明天如何在浮冰背面找到乔克夏的事。

海豹们一开春就会在浮冰上产下小海豹。巴奥依的幼崽和它的父母一点儿都不像，浑身裹着雪白的胎毛，长得胖胖的，眼睛上面有一个小黑点，非常可爱。

当地的猎人们把这种海豹的幼崽叫作弗凯。

弗凯怕冷，所以不大敢下海，它喝着母海豹的奶水长大。

　　它的白色毛皮也是出于保护自身的需要，和冰雪的颜色十分接近。

　　海豹非常宠爱自己的孩子，夫妻俩共同抚养孩子长大。到了断奶的时候，海豹幼崽开始吃母海豹捕来的海鱼。这时，海豹幼崽就会逐渐脱落白色的胎毛，开始现出和父母相同的斑纹。

就像人类一样，这是从幼儿期向少年期的转变。

这个时期的巴奥依就叫乔克夏。

汉达想为呆球抓捕一只少年海豹。

在浮冰的背面有很多海豹的幼崽（弗凯），但它们无法饲养，因为弗凯在没有父母照料的情况下，要长成乔克夏非常不容易。所以汉达想要捕一只正从弗凯转变为乔克夏的小海豹，但找来找去就是找不到。

为此，汉达浪费了整整一天的时间。

那天，天气晴朗，平时经常看到的淡黑色湖水也变得蓝盈盈的。

就在夕阳西沉的时候，汉达好不容易才看到一头正从弗凯长成乔克夏的小海豹。

那头小海豹正在等着父母回来。

"把船向那块浮冰靠过去！"汉达说道。

二哥见汉达把步枪放在船上，什么都没带就去抓捕那

只小海豹，这才明白这是汉达送给呆球的礼物。

尽管那只小海豹还很小，但还是露出刚长出的牙齿试图抵抗。可是，汉达驯服小海豹的本事很高明，他蹲在小海豹的身边，开始用手轻轻地抚摸着它的下腭，就像妈妈在爱护宝宝那样，那只小海豹很快就闭上眼睛，变得温驯老实。

汉达从湖里带回来的礼物使呆球开心极了。由于担心关在柴房里的小海豹不适应新环境，他一直到很晚才睡觉。

听到风吹打窗板的声音，呆球几次在半夜里惊醒。

"奶奶，小海豹不要紧吧？"呆球问道。

"不用担心，赶快睡觉！"奶奶每次总是这样不耐烦地回答。

呆球终于忍不住半夜里起了床。

奶奶太累了，没有睁开眼睛。

由于房门没有关严实，加上风声的掩护，呆球走出家

门时谁都没有发觉。

屋外，清朗美丽的月夜里，皎洁的月光仿佛把地上的万物交融在了一起。

一阵寒风吹过，呆球有些发抖。

柴房的对面是刚解冻一半的大湖。

呆球偷偷地打开了柴房的门。

在照进柴房的月光里，那只胎毛刚脱落的小海豹全身动了起来。

"巴奥依！"呆球轻轻地叫了一声。呆球以为这只野兽的名字叫巴奥依。

他走进柴房，按照自己看到的汉达昨天傍晚回来照料这只野兽的方法，用手轻轻地抚摸着小海豹的下巴。

那只小海豹睁着又大又黑、滴溜溜转的眼睛，抬头看着呆球，发出"库——库——"的撒娇声，并且扑簌簌地流下了眼泪。

那对可爱的大眼睛里竟不可思议地流出了长串的眼泪。

呆球心想，这只巴奥依一定在想妈妈，想回家了。

其实，对父母毫无印象的呆球并不能真正理解那只小海豹的心思。

呆球的巴奥依

二哥说"让小海豹逃走就太可惜了",所以,他用绳子在那只小海豹的脖子上打了个十字结,把它拴了起来。

二哥也好,奶奶也好,都没有想过怎样去饲养那只小海豹,甚至说"树叶漂浮时候的小海豹是不能养的"。这句话的意思是说,如果是在水上漂着叶子的时候,也就是在枯叶时期抓到的小海豹是无法养大的。

汉达的想法也一定是这样的。因为呆球那样喜欢,所以特地抓一只小海豹给他,只不过是让小海豹在还活着的时候,作为呆球的玩具而已。

奶奶还对二哥说,乔克夏是卖不出好价钱的。

小海豹在被抓捕后的几天里,什么东西都不吃。

"二哥,我的巴奥依什么都不吃,它会饿死吗?"

对于呆球提出的问题,二哥没法回答。

在家里饲养海兽还是第一次,大家都没什么经验,所以是很难养活的。二哥懂得这个道理,但看到呆球这样认真的表情，他怎么也说不出口。

姐姐却直言不讳地说出了事实真相，把呆球惹得伤心地哭了。

村里一个大叔来串门的时候，听说了这件事，他对呆球说："弗凯两三天不吃东西没问题，它那么胖哪。"

"它已经五天没吃了……"

"五天了？那它不吃东西的时间太长了。唉，过去就听说人是养不活小海豹的。呆球，你知道吗？海豹在自己的幼崽还没长大，不能吃完整的鱼之前，会先用嘴把鱼肉咬碎，用口水搅和之后才喂给小海豹吃，如果光是把整条鱼扔给小海豹，它是不会吃的。"

呆球听了这话后，就把二哥捕捉到的鳕鱼放在嘴里"咯吱咯吱"地反复咀嚼后，吐出来放在手上，送到那只小海豹的鼻子前面，轻轻地说了一声："吃吧。"

小海豹默默地把鼻子凑过来闻了闻。也许是从呆球手

中那掺和着口水的鱼肉里闻到了妈妈的味道，小海豹开始

吃鱼肉了。

"二哥，它吃了！我的巴奥依吃东西了！"呆球就像豆

荚里蹦出的豆子那样，一边跳着脚，一边惊喜地告诉二哥。

不久，湖里的冰都消融了。

佐吕间湖终于呈现出碧波荡漾的景象。

渔船和键屋都开始行动起来。

砂石堤坝上也是一派绿色。三里守望所一带野生的侧金盏花和款冬的花叶就像给大地铺上了美丽的花毯，那些枝干光秃的行道树上也绽露出了醒目的绿色。

到了这个时候，小海豹已经完全退去了胎毛，长成了肌肉发达的少年海豹。

由于智力发育比较慢，和呆球同龄的孩子都把他看作傻瓜，不愿意和他一起玩。

但是，呆球现在一点儿都不感到寂寞，他几乎一整天都在和小海豹玩。只要天不冷，呆球就在柴房里和小海豹一起睡。

如果不是奶奶骂他，把他拽回房间里去，他必然每晚如此。

那只小海豹就像狗一样，形影不离地跟在呆球身旁。

"这是我的巴奥依！"呆球对此感到非常自豪。

"还是要告诉呆球……为了海豹……汉达是流了血的……你们不明白海豹的心思……也不能把那只海豹卖喽……还是把呆球交给那个来自纹别的汉达培训吧。"二哥不在的时候，爷爷会拉住奶奶的手，絮絮叨叨地说，"这是我的遗言。"

爷爷在年轻的时候也当过捕海豹的猎人，他觉得，传承家族海豹猎人血统的人不应该只是二哥，呆球也有责任。

爷爷特别欣赏那个来自纹别的胖胖的汉达，并不只是因为他是已故儿子的朋友。

巴奥依的餐食

夏天来到了。

小海豹已过了乔克夏的阶段，虽然体形尚小，但已显示出一只英俊的巴奥依的风采。

"对不起，我没办法弄来这么多鱼给它吃。呆球，饲养这家伙得让它自己下水抓鱼。当然，白天让它下湖，渔民肯定有意见，还是晚上让它下湖觅食吧。"

一天，二哥偷偷对呆球这样说道。

呆球觉得二哥的话很有道理。日复一日，小海豹吃得越来越多，除了让它下湖觅食外别无他法。

呆球让巴奥依贴近湖边游泳，没有让它单独自由地下湖。他觉得如果让小海豹单独下湖，它就会直接游回大海，再也不是"我的巴奥依"了。

刚开始，那只小海豹还不会熟练地游泳。

通常，当小海豹处于乔克夏的年龄段时，它的父母会把它拖到海里教它游泳。而对于"我的巴奥依"来说，由于谁都没教它学习游泳，所以直到胎毛完全脱落后，它也没进入过大海。

它的视力很差，因为没有经过大海盐水的刺激。

于是，呆球在夏天让小海豹下湖学习游泳。

最初是硬把它推入湖里的。小海豹毕竟是海豹，它很快就游得很好了。

为了让小海豹学习游泳，呆球也跳进湖里，他自己也掌握了游泳的技能。

巴奥依虽然会游泳了，但它还不会抓鱼，因为它以前一直是吃饲料长大的。

对巴奥依而言，佐吕间湖只是它的游戏场。

它肚子饿了，就满不在乎地站起来，对着呆球从鼻腔里发出声音，死乞白赖地索要饲料。

"二哥，它不会抓鱼吃。"呆球对二哥诉苦道。

　　"你两三天不管它试试，它毕竟是海豹，肚子饿了自然会抓鱼吃的。"二哥这样教他。

　　饿肚子的巴奥依一到晚上就走到房门口叫唤。

　　"看来它真的不行。"二哥也开始不安地咕哝道。

"呆球，你从船上拿鱼，扔给它试试看，给它吃整条的鱼。"爷爷出了个主意。

呆球提着鱼筐走到湖滨，小海豹发出撒娇的声音，紧跟在他后面。

二哥掌着船舵。

"二哥，你慢点儿开！"呆球担心小海豹追不上，从船上探出半个身子说道。

巴奥依的圆脑袋浮在水面上，它像滑行似的跟在船的后面。

小渔船大约行驶了十分钟。

"就在这儿吧。"二哥说着把船停了下来。

这时风平浪静。

"喂，巴奥依，你得咬住哟。"

呆球站起身，手里高举着一条鱼的尾巴摇晃着给它看。

"扑通！"

　　那条鱼从呆球的手里掉落在离巴奥依一米远的近处，闪着银色的光，慢慢地沉入湖水里。可是，巴奥依根本没有转过头来看，它直接游到船舷边上，一个劲儿地要呆球拿饲料给它吃。

"它什么都不会，真是只傻海豹！"二哥看着放声大笑。

呆球没有笑，反而有些发愁了。

它为什么不吃呢？

突然，呆球的眼睛若有所悟地放出光彩，大叫一声："对了！"接着，他再次拿起一条鱼来，并把鱼放在巴奥依的鼻尖前面。

巴奥依感觉这条鱼能吃到，高兴地张开了嘴。

呆球又两三次地用鱼蹭着小海豹的鼻尖，然后再把鱼扔进湖水里。

这次获得了成功。

"我的巴奥依"终于掌握了钻进湖水里用嘴叼鱼的技能。

呆球的梦

三里守望所的月见草长得特别美丽。

没有人特意种植，也没有谁播过种子，就这样自然生长了起来。

山野里盛开着一片淡黄色的花。

在别处，这种花一般在将近傍晚时分开放，但因这儿的气温偏低，它只在正午的时候才开花。

鄂霍次克海的夏天很寂静，和这种孤寂花朵的美丽很相称。

呆球家的后面也有一片月见草，在夏天强烈的阳光照射下，随着海风轻轻地飘荡着。

呆球很喜欢月见草的花，他比一般人更喜欢大自然。那些掉在湖滨里的扇贝、钻在水里游动的小鱼、湖岸边的螃蟹和小鸟，还有月见草，就连光秃秃的行道树都强烈地吸引着他的好奇心。

呆球和巴奥依一起来到这儿，在月见草的包围中甜甜

地睡着了。

他睡了一会儿，眯着眼睛看着月见草花的周围"嗡嗡"地飞来了小蜜蜂。

呆球很想也变成一只小蜜蜂，钻进花丛里，在这个神奇的世界里自由自在地飞来飞去。

夜晚，月光澄澈。

奶奶和二哥都呼呼地睡着了。

爷爷也许还睁着眼睛，但他看到呆球出去没说什么。

呆球向湖滨走去。

这时，湖水、树林、沙滩仿佛都进入了梦乡。大地上的万物都沐浴在清冷的月光下。其间，月见草的花朵正在微微地摇动着。

呆球估计那只小海豹正在月见草的花丛里睡觉。

谁知走近月见草花丛一看，没有看见巴奥依的身影。

"这到底是怎么回事？"呆球歪着头感到很奇怪。

在平时，巴奥依只要听到呆球的脚步声，就会像狗一样地跑过来。

呆球试着学二哥那样吹起了口哨，但他没发出声音来，只有气息从嘴唇和蛀牙的缺口之间咝咝地通过。

第二天早晨，呆球睡了个懒觉。

被奶奶叫醒后，他脸也没洗就去了柴房，竟然发现巴奥依已经回来了。

"太好了！"呆球惊喜地叫道。

"你到哪儿去了？"呆球一边问，一边抚摸着巴奥依的身体，发现它身上的毛皮还是湿漉漉的。

呆球把这事告诉了二哥。二哥说："它已经掌握了抓鱼的技能，肯定是晚上下湖玩去了。"

呆球感到了潜在的危险：如果让巴奥依这样自由地下湖玩耍，它就可能渐渐地忘了小主人，最后不就会逃到大海里去了吗？

呆球又问二哥："我的巴奥依是去找它的同伴了吗？"

二哥做了个鬼脸，哈哈地笑道："也许吧。巴奥依已经成年了，它需要朋友，说不定也想去约会呢。"

什么是约会？呆球一点儿都不明白，他想巴奥依一定是去找它的兄弟姐妹了。

那天晚上，呆球做了个梦，梦见自己变成了巴奥依。

月见草在蓝色的月光下轻轻地摇曳着。

呆球穿过长着月见草的原野，跳入湖水里，摆动着自己的身体。于是，他就非常快乐地在湖水里随心所欲地游泳了。

他的两只手也变成了海豹的鳍。鳍一摆动，整个身体就一下子无声无息地前行了五米或十米。虽然有水花在头部四周溅起，但是听不到一点儿声音。

长着月见草的湖岸眼看着越来越远了。

接着，呆球摆动着鳍，潜入了湖水深处。湖底比湖面更蓝，有很多银色的鱼在游动。呆球兴趣盎然地追逐着游鱼。他张着大嘴，一口咬住了一条逃得慢的鱼。虽然湖水立刻

灌入嘴里，但没有一点儿咸
涩的味道。

呆球长时间在水底四处
游动，照理应该感到呼吸困
难，但他一点儿也不。

蓝色的湖水就在呆球脸
的四周。

呆球小心翼翼地呼吸着。

湖水并没有进入嘴里，
而且呼吸很舒畅。

"这是为什么呢？"呆球
惊异地想着，突然恍然大悟，
"啊，我已经变成一只巴奥
依了！"

听到汩汩的流水声近了，

呆球浮出了水面。

那儿就是入海口，在那开口处的外面就是白浪滔天的鄂霍次克海。

"嗷——嗷！"

从海的那一边传来了叫声。

仔细一看，有几只海豹的头浮现在海面上。

那圆圆的海豹脑袋，不知不觉间化为人的脸，那是爷爷、奶奶、二哥、姐姐，甚至还有在东京打工的大哥。

还看到两个陌生男女的脸，他们都朝着他微笑。呆球心想，那一定是爸爸和妈妈。

"等等我……我也要过来！"呆球痛苦地扭动着身体，大声叫道。

似乎正是满潮的时候，潮流很急，呆球的身体不能随心所欲地前行。

渐渐地，呆球离他们越来越远了……

"等等我……"呆球声嘶力竭地叫喊道。

"好了，好了，你做了什么梦？"床边响起了奶奶沙哑的声音，她用手轻轻地拍着呆球的胸口。

呆球的烦恼

鄂霍次克海的春天和夏天都很短，而秋天则比春天和夏天更短。

刚过了九月中旬，海面上就刮起了冷飕飕的海风。

呆球的巴奥依又长大了一圈，似乎也长高了二三十厘米。

它最大的变化就是更加显露出了野兽的习性，已经完全习惯了通过自己的努力从浪涛里捕食活鱼的生活。

最近，呆球的巴奥依已经不满足于只在湖里转悠了，它似乎想游向大海。尽管巴奥依每天跟随着呆球回家，但也时常离家出走。

"呆球，巴奥依昨晚没回来。"马上就要上学去的姐姐对呆球嘲弄似的说道。

这对呆球来说，无疑是最坏的消息。

呆球希望巴奥依无论在什么地方都是"我的巴奥依"，他希望巴奥依无论长得多么高大健壮，对他仍像小狗对主

人那样听话。

　　巴奥依接连两三天离家出走的情况，发生在秋天将尽的时候。

　　爷爷看到呆球那样担心的愁容，转动着不太灵活的舌头说道："你在担心……它吗？"

接着，爷爷又对海豹的习性作了进一步的说明："海豹……在冬天……到来之前……要在体内……存积很多……脂肪……到了冬天……才能防寒……海豹也要防寒……所以……为了抵抗寒冷……它必须在秋天吃得很多……但是……光是这儿的小鱼是不够的……所以……它要到大海去……吃大的鱼……呆球……你要睁大眼睛……观察……"

"嗯……"呆球点头应道，但他仍然感到很落寞。

"呆球，我也来说说海豹。"奶奶在一旁说道，"那家伙特别聪明，过去的事情决不忘记，所以它不会忘记呆球对它的好。你从小娇生惯养，几岁了也记不住过去的事，海豹真可称得上'大海的狗'啊，它的记性要比你呆球强。"说到这儿，奶奶的表情很严肃。

呆球问道："到了冬天，巴奥依怎么办呢？"

"嗯？"

"一到冬天，冰雪马上就来了，湖面上也完全结了冰，巴奥依就没办法钻进水里去了。它已经长大，家里也没有这么多鱼给它吃了。"

呆球发起愁来，似乎现在就会发生这种情况。

——是的，佐吕间湖一到冬天就结了厚厚的冰层，上面能跑马拉雪橇……该怎么办呢？

"要把它送回海里去吗，奶奶？"

奶奶也不知道。

二哥说："就把它送回海里吧。"

巴奥依就像其他的海豹那样，在冬天的时候，一定会围绕着浮冰去寻求生存之路的。

但是，如此一来，巴奥依就会渐渐地和呆球分离了。

巴奥依也许就此再也不会回来了。

呆球最怕发生这样的事情。

除此之外，还有一件让呆球担心的事：

每到早春，许多来自纹别和辋走地区的捕猎海豹的船就会来到这一带的海面上，展开声势浩大的捕猎行动。那时候，湖冰还未融化，"我的巴奥依"就会在有浮冰的海里被四处驱赶，它会不会被猎人打死呢？

想到这里，呆球抽抽搭搭地哭起来。

他想起了浑身是血的死海豹的形象。

"呆球，告诉你一个……好主意。"爷爷说道，"把你的巴奥依放在船上，你和二哥一起开船把它送到能取岬去。"

在靠近网走市的能取岬的一处断崖下，有许多海豹聚集在礁岩上。

由于政府把网走市定为著名的观光地，所以把那儿划为禁猎区，以便让观光客从断崖上面观赏海豹。因此，那里的礁岩区需要常年保证有三四十只海豹存在，充当景区的主要"演员"。

爷爷继续说道:"如果你的巴奥依到了那里,就不用担心被猎手捕杀了。"

不让巴奥依走

呆球在冬天做了很多有关巴奥依的梦。

梦境里，呆球和巴奥依来到了爷爷说的能取岬。那里有断崖，有嶙峋的礁岩，鱼儿很多，是海豹的理想栖息地，也是那些淘气的小海豹们逞凶斗狠的地方。

"这儿是我们的地盘！"

呆球的巴奥依在这儿一直受到那些身躯比它高大的淘气包的欺侮，没有一个朋友。

"我没有做错什么。"呆球的巴奥依这样诉苦道，它在那儿尽受到那些淘气包的嘲笑。

由于巴奥依长期被人工饲养，它的智商和身体的发育都比较慢——这就是它被其他淘气的小海豹欺侮的原因。

"我没有做错什么……"

在梦境中，呆球不知自己是巴奥依，还是巴奥依是自己。

冻结的湖面上出现了裂缝，随着裂缝的扩大，流水的

通道逐渐显现,春天终于来了。

这时,佐吕间湖的入海口一带还结着薄冰。由于冰层很薄,那些原来生活在湖里的海豹们就急不可耐地趁机回来了。

海鸥也回来了,野鸭子和短嘴天鹅在天空飞翔,湖面上突然变得热闹起来。

呆球每天待在湖岸上，等待着"我的巴奥依"归来。

这儿的天气变化很大，经常阴晴不定。有时是连续的多雾天，还会下小雪；有时雨雪混合着，从昏暗的空中落下。

在破冰半个月之后，呆球的巴奥依终于回来了。

巴奥依的头部、肋下以及尾鳍上都带着伤。肋下和尾鳍上的伤口也许是被礁岩碰伤的，而头部的伤口则一定是和同伴们打架时留下的。

二哥见了笑道："看来呆球经常说的那个梦境是真的，看，它的脸上尽是伤。"

巴奥依并没有忘记呆球一家人，但它似乎很自然地和他们疏远了。

这也许是大自然造成的。

对于自由地生活在大自然中的动物来说，不管人类怎样宠养它，它想回归野生状态的意愿仍然很强烈。

"我的巴奥依"已经不是原来的"我的巴奥依"了。虽然呆球感到很落寞，但也没有办法。

呆球有些无奈地自语道："如果是这样的话，我只能做巴奥依的好朋友，而不是它的主人了。"

呆球经常独自乘着二哥的小渔船到湖中央去。

他知道启动发动机和掌舵的方法，所以常常一个人默默地开船去湖里。

在佐吕间湖的中心有一块平坦的礁岩，那儿是海豹休憩的场所。那些海豹一看见小渔船靠近礁岩，就很不情愿地纷纷滑入水里，消失得无影无踪。只有一只海豹留下来接近呆球。

不用说，那只海豹就是"我的巴奥依"。

呆球骑在巴奥依的身上，搂紧它的脖子和它说话。

巴奥依用满是胡须的嘴唇触碰着呆球的脸蛋，发出"库——库——"的撒娇声。

春天和夏天已经过去，秋天也快要结束了。

今年，呆球和二哥都不想把巴奥依带到能取岬过冬。因为巴奥依已经完全是佐吕间湖的巴奥依了，它一定不愿意去别的地方。

过了冬天，巴奥依就会回来，到秋天结束时，它又会到海里去。

呆球也将要和姐姐一起上小学了，所以他很珍惜现在和巴奥依相处的时间，经常驾船去湖中央看望巴奥依。

在此后的数年间，那个少年和海豹就是这样生活的。

今年也一样。

佐吕间湖的春天即将到来了，冰雪已经融化，湖水渐渐地漾起了波澜。那些海鸥、野鸭以及急着返回北国的短嘴天鹅都来到了佐吕间湖。

阳光照射着淡黑色的湖水，当雾霭弥漫的时候，佐吕间湖仿佛在昏昏地沉睡。

呆球背着书包，呆呆地看着湖水。

他预感到巴奥依今天会回来。

今年春天，呆球已是小学四年级的学生了。

"呆球，上学要迟到了。快走吧！"已经上中学的姐姐喊道。

奶奶也探出头来，催促道："呆球，快和姐姐上学去！"

"他总是那样的，奶奶！呆球每天早上就在这儿等巴奥依回来……"

"呆球，快上学去！"

在奶奶的催促下，呆球才磨磨蹭蹭地转身走上光秃秃的道路。那些污脏的积雪堆积在道路的两旁。

最近，呆球的巴奥依已经完全野化了。

但它看起来还没有忘记呆球。一开春，它返回湖里后，一定会有一两次来到呆球家附近。

奶奶说："它是来打招呼的。"

呆球也是这样想的。

不过，巴奥依最近十分谨慎，不像以前那样会立刻满不在乎地爬上岸来。

它通常会把头浮在湖面上，几次来来回回地转悠，斜

着眼睛观察岸上的情况。一见到人影，它就会直起身子踩水，

似乎在确认来者是谁，是来干什么的。它就像个长脖子妖

怪似的，大着胆子伸长了脖子张望着。接下来，它拱起鼻子，

像在辨认气味那样，不停地翕动着鼻孔。

　　巴奥依的耳朵和鼻子很灵敏，只是视力较弱。

呆球先看到了巴奥依，立刻发出了呼唤的声音，于是，巴奥依开始露出放心的表情，迎了上来。

巴奥依已长成一只健壮的雄性斑海豹，它的体长有两米，还有一身漂亮的斑纹毛皮。

今年以来，呆球的巴奥依还没有现过身。

不过，那些海鸥、野鸭和短嘴天鹅都飞回来了，呆球因此坚信巴奥依不久就会回来的。

顺着砂堤路行走六千米，就可以到达呆球的学校。

这时起雾了。

那光秃秃的行道树、低矮的房屋、小渔船以及晾网场都朦朦胧胧地隐没在浓雾里。

从半路上开始，上学孩子的数量不断增加。

走到校门口，呆球突然吃惊地停住了脚步。

"怎么啦，呆球？"姐姐返回身来问道。

"你看！"呆球努努下巴，"看对面！"

只见对面一个戴着黑色兽皮帽、穿着黑衣服、背着背包和一支长杆步枪的胖男人正在和人说话。

他就是汉达。

汉达已经好久没来了，所以呆球对汉达的往事差不多

都忘了，只记得起那鲜血淋漓的死海豹。

"啊，是汉达！"姐姐说道，"他一定会再来我们家的。"

但是，汉达似乎没有注意到姐姐和呆球，也许是姐弟俩都长大了，他一时认不出来了。

姐弟俩偷偷地从汉达的旁边溜过去。

"是吗，你去了阿拉斯加吗？怪不得在这儿没有见到你呢。那儿的猎物一定很多啊。"

他们听到汉达和一个手握着自行车车把的人面对面地聊着。

那一天，呆球没有一点儿学习的心思。

——巴奥侬不要紧吧？在上学路上碰见的时候，要是拜托汉达一声，让他不要用枪打"我的巴奥侬"就好了。呆球对此感到非常后悔。

未归的巴奥依

汉达躺在船头，举起左手做了个手势。

二哥关了船上的引擎。

虽然螺旋桨停止了转动，但是小渔船还是借着惯性，迎着正面的湖冰静静地前行。

汉达举起了步枪。

离目标有三百米，似乎稍微远了一点儿。

二哥心想：这么远能打中吗？

如果使用汉达以前的步枪，必须靠近一半以上的距离再射击，因为这是水上射击。

一般而言，躺在浮冰上的海豹看到这只可疑的小渔船后会惊慌地潜入水里。于是，猎手就必须抓住海豹浮出湖面呼吸的时机及时射击，这样的射击方法难度很高。

——这么远的目标能打得准吗？

二哥再一次这样想着。

海豹们也估计错了。

以前，它们常受到村田步枪、二连发枪等一些低级武器的威胁，它们怎么会知道世上还有新式步枪呢？

当小渔船在浓雾中逐渐靠近时，海豹群顿时慌乱起来。

这个海豹群由巴奥依、阿拉哈以及孔库利组成。那些体形最大却极为敏感的巴奥依首先抬起头，匆匆地起身逃到浮冰的边上，它们做好了一旦发生紧急情况，随时就能潜入水里的准备。接着，巴奥依们都回头看着这个海豹群的首领。

它们的首领是一只健壮、硕大的雄海豹，它就是"呆球的巴奥依"。

那些傻乎乎的阿拉哈和体形较小的孔库利，斜眼看着巴奥依的动静，它们还处于比较安心的状态。

"呆球的巴奥依"直起半个身体，目不转睛地看着慢慢靠近的小渔船。

在这三年中，它知道了人类的可怕，同时也知道人类中有它的朋友。"呆球的巴奥依"想试探性地靠近那只小渔船，判断来人到底是敌人还是自己的朋友。它感到相隔这个距离还是安全的，因为这一带没有人使用过远射程的来福枪。

"你看怎么样？"

汉达一次连射，击中了浮冰上的三只巴奥依，他高兴地用手摩挲着从美国带来的来福枪，回头看着二哥。

二哥吓得呆若木鸡。他说道："要是用这种步枪射击，这儿的海豹很快就会被杀光了！"

"你说的也是。今后这儿的海豹都会小心了，再用以前的那种步枪就很难打到它们了。"汉达笑道。

二哥跳到浮冰上，正准备用钩竿撩拨三只奄奄一息的巴奥依时，突然听到其中的一只巴奥依发出了熟悉的声音。

二哥惊慌地大叫："不得了了！这个最大的巴奥依就是汉达你过去送给呆球的巴奥依！"

"是吗……"汉达心想，"完了！"

二哥又道："你看这鼻子和眼睛的旁边都有伤痕。没错，就是它。"

"那可怎么办？呆球知道了一定会不依不饶的。"

"他会放声痛哭的。呆球和这家伙特别亲密，每天都等着它回来。"

"现在已经没办法了，只有再帮他去找一只乔克夏。这事千万不能对他说。"

"嗯。为了不让呆球知道，这些猎物不能一起带回去，得把这家伙从别的地方送到岸上。"

汉达那晚没有回呆球的家，他偷偷地像逃跑似的乘着皮货商的卡车回去了。

到这时候，呆球才放心地安慰自己："啊，这下好了。看来汉达今天没有打到海豹，我的巴奥依也就安全了。"

第二天是星期日。

呆球一吃完早饭就一个人去了入海口。

因为他认为巴奥依今天一定会回来的。

入海口的潮水汹涌而来。

海面上的浮动冰山互相推挤着，朝着狭窄的入海口一拥而入。

冰山的一角上停着许多猛鸳，它们和冰山一起进入了入海口。

白天的太阳闪耀着炫目的光芒。

呆球坐在入海口的一块漂流木上，就像猛鸳那样目不

转睛地凝视着冰山的流动。

　　孤寂的三里守望所在远远的对面闪着银白色的光……

爪

狮子·床

现场响起了热烈的掌声。这样的掌声时大时小，总是持续不断。

只要启介表演《狮子·床》这个节目，一定会响起这样的掌声。

启介在苏联留学一年，从马戏学校学习了这门技能。

《狮子·床》十分惊险，通常作为猛兽秀的最后一个节目。尽管从开始表演到现在已经过去了一年多的时间，可人气始终不减，因为这是个技艺高超、其他人根本无法仿效的节目。

启介在这个节目中能够自由地指挥七头驯养良好的雄狮进行表演。

狮子表演的内容包括：走钢丝、钻火圈、滚球、走绳索、过跷跷板等。在上述表演结束之后，启介又开始表演把自己的头伸进狮子张开的嘴巴、狮子骑马、人狮格斗等惊险的节目，使观众们无不捏着一把汗。

接下来，五头狮子并排平躺在舞台上作为一张床，启介自己再横躺在狮子上面。

"内罗"和"肯尼亚"是两头有着漂亮鬣毛的狮子。启介让这两头狮子分别睡在自己两侧，这种表演更使人感到惊心动魄。

肯尼亚面朝着启介的后背，内罗则把前爪搭在启介的肩膀上，把他抱在自己的胸口，看起来就像一对狮子父母和宠爱的孩子睡在一起。见此情景，谁都会面露微笑，不由自主地拍手叫好。

这时，舞台上开始响起最后一个乐章的音乐，宣告演出即将结束。在观众们热烈鼓掌的时候，一些性急的观众已经开始准备回家了。

启介像往常一样，准备高举起内罗的前爪向观众致谢。但是，这次没有像往常那样如愿。当启介去拉内罗的左前爪时，内罗却不像平时那样老实听话。

对待动物决不可以采取强迫的方式。但因为迄今为止，启介和内罗从没出过一次事故，所以启介心想，对内罗稍稍强制些也没关系。于是，他用力举起了内罗的前爪。

谁知，这点儿强制却引起了灾难性的后果。

就在这个时候，内罗将启介的身体紧紧抱在了两腿之间，而且它的前爪猛然从根部露出了锋利的爪尖。紧接着，爪尖撕破了启介身上薄薄的马戏服，深深地刺入了启介的胸膛。

完了！

启介绝望地闪过这个念头。

钻心的疼痛刹那间传遍了全身。

这时，内罗的另一只前爪又刺入了启介的右肩，爪尖一点儿一点儿地深入到启介的肉里。

伤口因过度的疼痛变得麻木了。

与疼痛相比，又出现了更可怕的情况。内罗的喉部"嘶

嘶"作响，启介甚至听到了它发出的低沉的吼声。

这头一直由人工饲养、性格温顺的狮子，这时要显露出它那残暴的兽性了。在这危急时刻，启介暗暗告诫自己："不能慌，不要怕，必须充满自信地沉着应对……"

但是，必须赶紧解决问题。在这样的场合，光是内罗一头狮子不足为惧，可启介的背后还有肯尼亚。肯尼亚通过它那灵敏的耳鼻，难道就不会注意到主人的情况吗？在七头狮子中，肯尼亚最聪明，但也最暴躁。

再说，在启介和内罗以及肯尼亚的下面，还有五头搭床的、一直忍耐着默不作声的狮子。它们分别是内罗毕、奈尔、坦噶尼喀、乞力马扎罗和马赛。

狮子就像火药，只要让一头发脾气，其他的狮子也会跟着随即爆发。即使是和狮子一起度过了七年时光的启介，也会像他的老师埃德尔夫妇那样，即便驯服了世界上有名的猛兽，有时也会搞不清它们突然发脾气的原因。

　　狮子的脾气是从体内突然爆发的，它不像人类那样有了想法才会发作。因此，现在要思考内罗为什么会大发脾气纯属多余。与此相比，当下最重要的是趁内罗的脾气还没蔓延到其他狮子的时候，赶紧摆脱内罗那巨大的前爪。

　　即使是平时表现得非常驯服的马戏团里的狮子，在它离开演出场地被赶回兽笼的瞬间，也会暴露它的本性，而且这一刹那往往来得非常突然。

此刻，观众们还没注意到这种变化。这个夹在两头狮子中间的男人似乎非常快乐地躺着。没有人看出其中的破绽，发现这个男子的额头上正在不断冒出大颗大颗的汗珠。

观众们持续鼓掌，甚至手都拍麻了。

启介记得，小时候为了饲养猫，曾被锋利的猫爪狠狠地抓伤过。

当时他高举着手套逗猫玩，结果不慎受了伤。后来伤口痊愈了，但因为被猫爪抓得很深，所以伤口处经常会一跳一跳地隐隐作痛。

不过，从那以后，他对猫科动物的动作产生了兴趣。他发现，当决心捕捉猎物的时候，即使是一只不起眼的丑陋的猫，也会悄悄地躲藏起来，然后伺机猛扑过去，一把抓住猎物。

狮子和猫也有相同之处。

现在，如何摆脱内罗的前爪是个大问题，如果摆脱的方法不当，内罗也许会恢复五年前在非洲大草原上生活时的肉食猛兽的野性。如果处理得当，内罗也许会像猫那样顺从启介。

现在，和启介一起登台演出的七头狮子中，只有内罗和肯尼亚是在广袤的荒野和密林中长大，后来被人类捕捉来接受训练的狮子。

在下面搭床的五头狮子都是在动物园出生的淘气包，它们并不太了解人类的厉害。这些狮子和从大草原或密林中捕获的狮子相比，记忆力比较差，而且也不太温顺。

狮子的自尊心都很强，具有一旦发起脾气来，其他狮子都不敢接近的威力。

最后乐章的音乐快要结束了，按照惯例，启介早就应该起身向观众致谢了。

这个猛兽秀表演者的助手们对这种情况感到很奇怪，

最资深的助手金田突然醒悟过来，吓得倒吸了一口冷气。因为金田看到了内罗的锐利脚爪已经隐没在启介那闪闪发光的演出服内，紧紧地抓住了衣服下面启介的身体。

启介在这个时候也不显出一点儿怯色。为了不让观众看出痛苦，他的脸上还无力地浮现出一丝微笑。他这样做也是为了不让那些新来的助手们感到危险。

"嗨，你去把水泵拿来，速度要快！"金田对一个年轻的助手命令道。

另一个助手赶紧跑去拿铁棒，还有一个助手为了以防万一，拔出了手枪。

观众们在平时的猛兽秀中也看见过这样的举动，所以就在一阵情绪高涨之后，重新恢复了平静。

这时，水泵的放水口已被塞入铁栅栏内，因担心而脸色苍白的团长和启介的妻子也赶到铁栅栏的旁边。

"万不得已的时候，必须强力阻止！"

团长命令那个拿手枪的助手把枪口对准内罗的眉心。

"请等一下！"

突然，从狮子中间传来了启介的叫喊声。他的眼神似乎在暗示他正在设法摆脱狮子的前爪。

音乐停止了，观众们集中在铁栅栏的周围。他们看到马戏团工作人员严肃的神色，明白了当前的危险。于是，剧场里不再响起掌声，代之而起的是观众们因为害怕而发出的喧哗声。

团长面向观众，把手放在胸口处轻轻地摆手示意。

"各位观众，请大家保持安静。我们的驯兽师正在抚慰狮子。为了不让狮子无端发脾气，请大家安静地回到座位上去，这是人命攸关的大事，拜托了！"

正在场内执勤的警官也呼吁观众们坐到自己的座位上。

那些原先站立着的观众立刻顺从地回到自己的座位上。

一想到接下来将会发生的血腥瞬间，场内观众的表情各不相同：用手捂住脸的妇女，紧紧抱住自己孩子的母亲，目不转睛地盯着舞台的青年，默默祈祷的老人……他们都自觉地保持安静，全场听不到一点儿声音。

这样的安静程度前所未有。尽管场内有许多观众，但此时就像没有人一样。

"内罗今天辛苦了，你的表现不错，明天也要开心地演出。"启介开始对内罗轻轻地说道。

往常，启介在演出结束后，对每一头被赶进兽笼的狮子都会这样叮咛着，对它们亲切地说些鼓励的话。

这是种带着几分赞誉和甜蜜的讲话方式——绝不能高声喊叫，还得让待在大铁栅内各个角落的狮子都能听到。因为狮子喜欢被夸奖，而且喜欢被当众夸奖，这能让它们觉得自己很威风，很有尊严。

启介用还能自由活动的右手轻轻地抚摸着正抓住自己左胸的内罗的前爪，继续说道："内罗，你想干什么呀？现在表演已经结束了，肯尼亚、内罗毕、奈尔、坦噶尼喀、乞力马扎罗和马赛它们都想赶快回到兽笼里去呢。它们很累了，我知道你也累了，需要吃好吃的东西，需要好好休息休息，对吗？"

当然，内罗不会明白启介说话的意思，它明白的只是从启介喉咙里发出了柔和的声音，这种亲切甜蜜的声音具有镇静猛兽焦躁神经的作用，启介对此深信不疑。

"呜、呜、呜……"内罗发出了叫声，是变为野兽还是成为温顺的马戏团狮子？它明显地露出不知所措的神情。

误会

启介猛然想起了三年前的太郎事件。

太郎是一头仪表堂堂的北海道棕熊，是团长深感骄傲的宠儿。

"任何马戏团都没有这种体重超过二百五十公斤还能娴熟表演的棕熊，首先，驯服棕熊这种猛兽就非常困难。"

团长经常这样说着，在访问者面前炫耀。

"如果拿它和老虎、狮子相比较，哪一个更容易相处？"那些对猛兽一无所知的访问者经常会提出这样的问题。

于是，团长往往会这样反问："你说的容易相处是什么意思？"

"我是指哪一个更没有危险……"

"说到危险，应该是棕熊更危险，这种情况在苏联尤其突出。在当今的世界上，苏联的猛兽驯化技术首屈一指，但也是被熊伤害最多的国家。熊远比狮子和老虎聪明，它能掌握各种各样的表演技能，光凭这一点我们就不能小觑

它。老虎和狮子在攻击之前，首先会露出发怒的表情。比如说，它的耳朵会一下子立起来，眼睛瞪得很大，并且张开大嘴，露出牙齿，咆哮不已，然后再紧缩身体，准备攻击，这些现象都能帮助我们预判危险，提前做好准备。但是，熊类动物在发动攻击前是没有一点儿表情变化的，因为它一直被认为长着一张滑稽可爱的脸，通常人们不会注意到它在发怒，它却往往趁对方不备的时候，猛然发动攻击。"

团长说的话也吸收了从别人那儿听到的内容，但经过他的口头加工就变得很有趣了。

团长说的那头马戏团的棕熊太郎颇有来历：在它小的时候，团长就从当地阿伊努族人那儿把它买了过来，然后抚养大。太郎能很好地听从命令，悟性很高，迄今为止没有发生过一起事故。

"它真是训练有素。"

当有人这样表扬太郎时，团长总是对他说："这家伙就像家养的小猫一样，从没有露出过咬人的牙齿。"这也是团长感到自豪的原因之一。

启介想起自己和那头骄傲的太郎一起演出的猛兽秀，那是一场两者比试的摔跤大赛。

听到比赛的锣声一响，太郎就后足踩地站起身来，还不到比赛的一半时间，太郎就冲上来揪住了启介，准备一下子推倒他。启介灵活地避过它的攻击，趁机从下面用拳头打击太郎的下腭。就在双方互相扭打的时候，启介"不慎"被压在太郎巨大的身躯下面，差一点儿被对方击败。在这危急时刻，启介对着太郎连拍几掌，终于化险为夷，取得了最后的胜利。

接着，启介带着太郎消失在大幕后面，结束了这场精彩的猛兽秀。

这样的比赛不论去哪儿，都能赢得热烈的喝彩声。

但是，只有一天发生了变化。那是一个雨雪交加的寒夜，怕冷的太郎从早晨开始就好像提不起精神。看着这个从不反抗、像家畜一样温顺的野兽，启介早已忘记了它是一头猛兽，这实在太不应该了。

太郎紧紧地压在被打倒在地的启介身上，没有起身离开的打算。

"太郎，快离开！"

启介仰天躺着，低声命令着，打了它一巴掌。

就在这个时候，太郎的喉咙深处发出了轻轻的、可怕的吼声。启介不由得慌了。他这么一慌，平时的自信就突然消失了。如此一来，就不再是纯粹的表演了。

太郎那长期处于休眠状态的野性，突然就苏醒过来了。

被太郎的前脚掌踩着的对手已经不是主人，也不是好朋友，而是可怜的猎物。

太郎的吼声逐渐高亢起来，启介猛然清醒过来。就在这时，太郎露出了牙齿，对着启介的肩头猛扑过去。启介的肩头顿时鲜血淋漓。

坐在最前面的一个女观众吓得大声尖叫起来。太郎压着启介的身体，抬头朝女观众的方向看去，它的鼻尖上沾满了鲜血。

启介一动不动地躺着。

大家都以为他已经死了。这时,从铁笼子的空隙中伸进一把手枪,枪口立刻射出了子弹……

太郎一时似乎惊呆了,它的身体僵硬,然后像崩塌似的,慢慢地倒了下来。

启介立刻被助手们救起，他的半边脸和胸部都被鲜血染红了。尽管如此，启介还是推开助手的手，面对观众席恭恭敬敬地低头谢幕，这是舞台上的演员应有的礼仪。

观众们顿时由惊恐转化为对演员的敬佩，全场响起了震耳欲聋的热烈掌声。

启介听着全场的掌声，实在支撑不住了，眼前一黑，就什么都不知道了。

当他醒来时，发现自己正躺在医院的病床上。

团长和妻子，还有助手都担心地注视着他。

"太郎……太郎怎么样啦？"启介一开口就这样问道。

"它被枪杀了，除此之外没有办法。"团长有些落寞地回答。

"对不起。"启介噙着满眼的泪花。

那个温顺、机灵、长期相处的可爱朋友——太郎，由于一时的动物野性复苏，不得不付出死亡的代价。

现在，这件往事以极快的速度浮现在启介的脑海里。那种悲伤至今也无法忘怀，反复地在心头涌动着。

"决不能让内罗再步太郎的后尘！"启介在内心深处对自己这样说道。

猛兽的操控

猛兽秀的表演时间太长了。那些狮子也开始对这种反常的情况感到奇怪。首先，在启介和内罗下面垫底的内罗毕和奈尔开始发出不满的声音。听到这种声音后，坦噶尼喀和乞力马扎罗也"吭哧吭哧"地躁动起来。

就连反应最迟钝的马赛也拱起上半身，鼻子对着天花板微微地翕动着。

这是血的气味。它嗅到了血的气味。一头狮子站起来，其他的狮子也会争先恐后地相继站起来。如果出现了这种情况，要费好大的功夫才能稳住它们。

如果内罗的野性本能再次发作，它的利爪就会在启介的身上抓得更深，并且一定会用牙齿咬住启介，猛烈地摆动。要是再有一头狮子站起来，后果不堪设想。

"马赛！快躺下！"

启介简短而又强硬地命令马赛。于是，马赛有些不情愿地躺在地上。

"肯尼亚，你也要保持安静！内罗毕、奈尔，再稍许忍耐一下！"

启介对躺在自己身体下面的狮子们这样提醒道。这时候，他突然又想起一件事。

狮子们都记得最后乐章的音乐。如果最后的乐章已经结束了，还一直不让它们起身离开，想必会引起它们的不满吧？

他暗忖，最后乐章的音乐接近结束的时候，应该是最后的机会了，必须全力一搏……

"音乐……再来一遍音乐……"

启介对团长喊道。

团长似乎也明白了这句话的意思，急忙对助手耳语了几句。助手走后没过多久，又响起了最后乐章的美妙音乐。

"嗨，内罗，快结束了，明天还要这样卖力地演出哟。"

为了保持平时惯用的轻松语气，启介伸出一只满是鲜

血的已经麻痹的手,抓住内罗下颚的松软胡须,轻轻摇晃着。

这是启介往常奖励它时表示亲热的手法。

内罗原先发出的令人心悸的吼声渐渐地转变成表示开心的"喀啰、喀啰"的声音,它的爪子也开始松开。

这时,最后乐章的音乐已将接近尾声,收场的锣声马上就要敲响。

现在正是时候！

启介轻轻地举起了内罗的前爪，内罗也不再反抗。

激烈的锣声终于敲响了。

"嗨，起来！"

启介发出一声号令，自己同时跳了起来，狮子们也像离了弦的箭一般，飞快地跳起身来。

这时，场上响起了令人振奋的鞭子的噼啪声。

狮子们蹲在属于自己的椅子上，规规矩矩地排列着。

音乐还在继续。

出于惊喜和激动，全场的观众报以暴风雨般的掌声。

启介面对观众，慢慢地低下了头……

但是，一种黏黏糊糊的温暖物体——鲜血正伴随着疼痛流向腹部，尽管如此，启介为了不让自己眩晕，不得不拼命地咬住嘴唇。

作者的话

本书收录了《鲸王》《三里守望所》和《爪》三个短篇故事。

先说鲸鱼。由于南大洋的捕鲸活动特别有名，所以人们往往会认为日本的近海领域里鲸鱼很少，其实并不是这样的。

日本的近海也有很多鲸鱼。欧美各国从很早以前，就一直觊觎日本近海的鲸鱼资源。由于从欧美到日本的距离太远，所以他们认为若在日本拥有泊船地，就会给捕鲸带来极大的便利。为了达到这个目的，美国、英国、法国、俄罗斯等国争先恐后地向日本提出开港的要求。这就是美国海军准将佩里率舰队前来，强行要求日本开放门户，美日通商的真正理由。

此事暂且不论。我在调查游弋在日本近海的抹香鲸生活的过程中，对抹香鲸产生了极大的兴趣，并以此写成小说。我以一头抹香鲸的一生为题材，将抹香鲸的习性编成了故事，这就是《鲸王》。

三里守望所是一个特别孤寂的村落的名称，它位于北海道的鄂霍次克海沿岸，那儿有一个叫佐吕间湖的大湖，湖边有一个通向鄂霍次克海的入海口。一到冬天，整个湖就完全冰封了。这部小说主要叙述了住在那个村落的一个心地善良的少年与海豹之间的友情故事。

海豹这种动物，也被称为"海洋之犬"。故事中的这头海豹从小就被人工驯养，早已习惯了这样的生活。

由于海豹以鱼为食，所以被渔民们讨厌；又因为它毛皮漂亮，所以便成了猎人射杀的目标，境遇真的十分可怜。

但是，海豹不吃鱼就无法生存，况且，鄂霍次克海的鱼类又不只属于人类。所以，假如让海豹发表意见的话，它们也许会愤愤不平地抗议说："我们也有抓鱼吃的权利！"

最后一篇小说《爪》，主要讲述了某个马戏团的驯兽师和一群狮子的故事。狮子和老虎是猛兽，不管它看上去被人类驯服得如何温顺，一旦有特殊情况，它也可能恢复野兽的天性。所以，对它们来不得半点儿麻痹大意。

　　这篇小说通过一个偶然的事件，描述了一个被即将恢复野性的狮子控制的驯兽师，在紧急情况下如何沉着应对，化解危机的故事，从而说明在身处危险的时候，冷静思考是多么重要。

（写于一九六七年五月）